16
内田 健
Takeru Uchida
illustration
Nardack
肩に背負うと、
いた。
異世界チート魔術師《マジシャン》
Isekai Cheat Magician

ミューラもまた
剣を抜こうと構える。

「ぐ、くっ……いけええっ!!」
「そら……私のも、持っていけっ!」
レミーアとて余裕は無さそうだ。

「やあ」
凛はひらひらとオーガ変異種に向けて手を振る。

太一は、背後からの声も
聞こえないほどに集中していた。

凛は歯を食いしばって、
高めた魔力を固めて放つ。
「こっちも、よっ……！」
ミューラもまた間を置かずに魔力を放出した。

まだいける。
まだ。
まだまだ——

異世界チート魔術師《マジシャン》 16

Isekai Cheat Magician

Introduction

武の国の混乱の要因とは?

日本をほうふつとさせる特徴を持つ「トウの国」。
その混乱を鎮めて欲しいという要請を受けた太一たち。
場合によっては力ずくでも構わないということだった。
その大胆な采配を受けて訪れたトウの国で、
太一たちは王太子ウジノブとともに国を旅する。
この国に混乱をもたらしているのは、
第二王子のクラノシンだという。
彼は王位継承の争いのルールで禁忌と言われる
兄弟殺しを断行してしまったというのだ。
クラノシンを掣肘《せいちゅう》すれば終わりだと思っていた。
ところが徐々に明らかになっていく真実。
簡単だと思っていた依頼だったが、
そこにユグドラシルも出張ってくる。
彼女の言葉に従い、太一たちは
ついに全力に挑戦するのだった――。

異世界チート魔術師《マジシャン》 16

内田 健

ヒーロー文庫

CONTENTS

異世界チート魔術師《マジシャン》

Isekai Cheat Magician

16

illustration Nardack

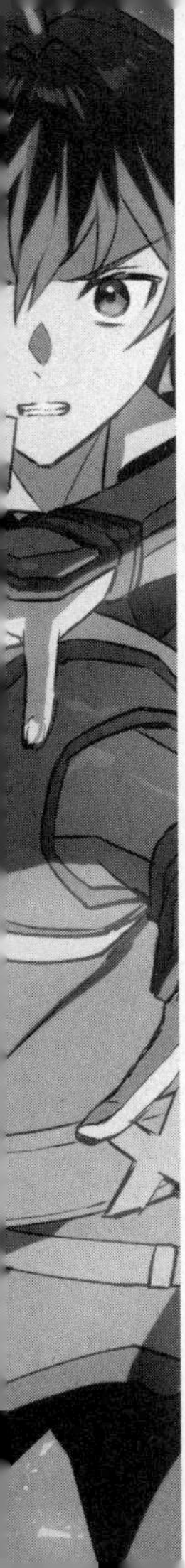

イラスト／Nardack
装丁・本文デザイン／5GAS DESIGN STUDIO
校正／佐久間 恵（東京出版サービスセンター）
ＤＴＰ／天満咲江（主婦の友社）

この物語は、小説投稿サイト「小説家になろう」で
発表された同名作品に、書籍化にあたって
大幅に加筆修正を加えたフィクションです。
実在の人物・団体等とは関係ありません。

第三十一章　武の国、トウ

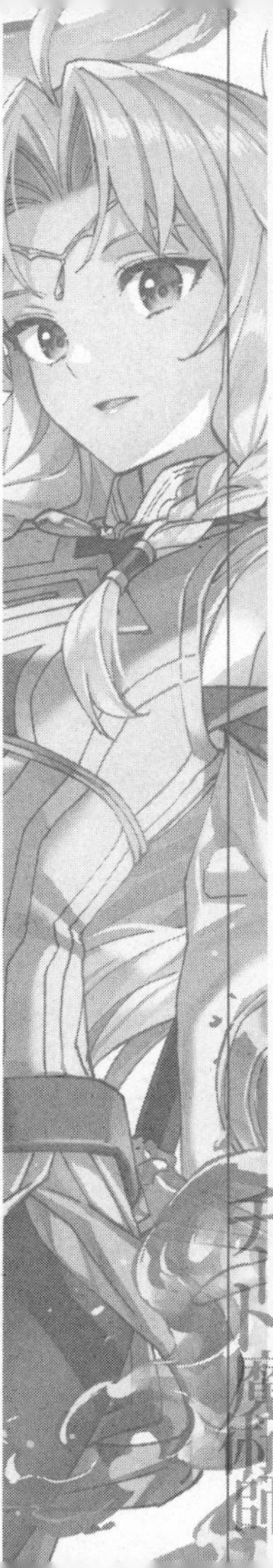

第九十七話　帰国しても忙しい

船から見た港は、物々しい雰囲気に包まれていた。

「何かあったのかな？」

日本から共に異世界アルティアに召喚された少女、吾妻凛《あづまりん》が首をかしげる。

それを聞いた西村太一《にしむらたいち》は改めて港を見つめた。

港には騎士が並んでいる。

数台の馬車や何頭もの馬も。

まるでどこかに攻め入るのだろうか、という戦力だ。

「将軍がいるな」

「ああ、太一ならここからでも見えるね」

凛がいくら視力を強化しても、さすがにそこに誰がいるかまでは分からない。

騎士らしき人がたくさんいることや、馬車や馬がいることは分かるものの、それまでだ。

凛も身体強化魔術で視力を強化できる。

裸眼よりも圧倒的遠くまで見通せるのだけれど、やはり太一の魔力強化には及ばない。

だから、凛が見えないものでも太一には見えているのはいつものことだ。

「それにしても将軍が。王女様を迎えるのってそんな一大イベントだったっけ？」

「さあ、そうなのかもな？」

この世界のことはまだまだ分からないことが多い。

平民よりよほどアルティアのことに精通はしているだろう。

それでも、まだたった一年半も経過していない。

知らないことの方が多かった。

だから、ああしてスミェーラがあそこにいるのも、そういうならわしなのかと思ったのだ。

そうこうしているうちに、船から錨《いかり》が投下された。

どぼんと海面に飛び込み、ガラガラと鎖が音を立てて沈んでいく。

把駐力《はちゅうりょく》が効いて、船がとまった。

「あら、将軍」

「無事のご帰還、お喜び申し上げます殿下」

シャルロットの元まで歩いてきたスミェーラは、馬から降りて跪《ひざまず》いた。

「馬車のご用意は済んでおります。このまま王城まで、不肖スミェーラがご案内申し上げます」

「そうなのね」

シャルロットは一瞬だけ考えた後、ひとつうなずいた。

将軍が来た意味を理解したのだ。

「じゃあお願いするわ」

スミェーラはうなずき、まずはシャルロットを馬車に案内した。

アルセナに先導され、シャルロットが馬車に乗り込む。

「久しぶりだ」

「ああ」

レミーアが応じる。

確かにかなり久しぶりである。

レミーアはたまに顔を合わせてはいたが。

太一たちからしたら、ほぼ一年ぶりだ。

「お前たちも、陛下より登城要請が出ている。従ってくれるな?」

要請という名の、事実上命令だ。

特に拒んだりはするつもりはないが。

わざわざスミェーラが出張ってきたのは、そういう意図があってのことだろう。

「良かろう。固辞する理由もない」

「助かる。そちらの馬車に乗ってくれ」

シャルロットが乗る馬車に比べれば一段から二段は落ちるが、それでも大貴族が乗るにふさわしい馬車。

これをただの冒険者に割り当てる時点で、どれだけ重用されているかが分かろうというもの。

所属はしているが事実上形だけ。

冒険者に依頼をするのと変わりはない。

ただ、緊急時にはより優先する必要があるかな、くらいだ。

そんな人物に対する遇し方としては、ちょっと度が過ぎていると思うレミーアだが黙っておいた。

豪華なのは見た目だけではなく、当然乗り心地も最上級だ。

港から城まではそれなりに距離がある。

安物の馬車に乗れば尻が痛くなることうけあい。

避けられるなら、それに越したことは無いのだから。

太一たちが全員乗り込んだのを見て、スミェーラが馬にまたがり、先頭に立った。

「馬車を旋回させろ」

馬車の扱いに長《た》けている兵士が巧みに手綱を操って旋回する。

広いとはいえ港はそこらに倉庫や木箱が置いてあり、限度がある。

限られたスペースで見事な操車技術だった。

「出るぞ」

「はっ！」

スミェーラの号令で、馬車が進みだした。

徐々に速度を上げていく。

王都の道がすべて石畳で整備されているわけではない。

とはいえ、港から市街地までの道はきちんと整備されている。

重要度が高いところから予算を割り当てて整備するのが普通だから、港が重要なのは当然だろう。

馬車に揺られることしばらく。

スミェーラが率いる一団は市街地を抜けて城に到着した。

途中、市内を走る際も、速度を落とすことは無かった。

民は普通に歩いてはいたものの、道の真ん中をあけていた。

一定間隔で兵士が立っていて、誘導を行っているのがちらりと窓から見えた。

事前にお触れを出し、馬車の交通を妨げないようにしていたようだ。

馬車は王城の正面で停まった。

「殿下。到着いたしました」

「ええ、ご苦労様」

アルセナが扉を開け、先に降りてからシャルロットの手を取り彼女の降車をサポートする。

お姫様とはいえ、別にこの程度の馬車、一人で降りるのは全く問題はない。

聖教国では走っていたのだし。

魔法で多少の強化はできるらしく、兵士、騎士ほどではないにしろ魔術が使えない一般人よりは遥《はる》かに上回る身体能力も発揮できるのだ。

それでもそうさせるのは、彼女が王女ゆえ。

着替え一つとっても、自分でできるとしてもやることはない。

臣下、部下の仕事を奪うわけにはいかないからだ。

「……テストでいい点とれるかな？」

彼女とはうってかわって自分で降りた太一は、シャルロットが降りる様子を見てそんなことを考えていた。

王制にはそこまで詳しくなかった太一だけれど、異世界に来て実際に王侯貴族と接することが増えて、そういった知識も増えていた。

なかには地球と似通った知識もあるから、世界が変わっても同じなのは面白いものである。

この知識があれば、もし今試験を受けたら生かせるのではないか。

「そんな甘くはないでしょ」

太一の希望的観測を、凜が打ち砕く。

「そりゃそうか」

太一も期待していなかったようで、凜の言葉に反論しなかった。

固執する理由なんてひとつもなかった。

「レミーア様、タイチ様、リン様、ミューラ様」

シャルロットがこちらに来た。

「わたくしはこれで」

綺麗《きれい》な所作で一礼。

表情も完全なる笑顔だが、それで誤魔化しきれる相手と、誤魔化しきれない相手はいた。

踵《きびす》を返して去っていく。

シャルロットはこの後政務なりなんなりがあるのだろう。

それは、太一たちが関知するところではない。

「皆様、ここからはアルセナがご案内差し上げます」

シャルロットのお付きであるアルセナ。

先ほどまで騎士や侍従の偉そうな者と話をしていた彼女が担当してくれるようだ。

一年前、マーウォルトの会戦に向けて王城に滞在していた時と同じである。

何度も訪れたことでなんとなく見慣れてきた城。

とはいえここはいわゆる他人の場所なので、気心が知れた彼女が共にいてくれるのはありがたい。

遠慮なく、彼女に任せることにした。

「ああ、頼んだ」

「はい。ではどうぞ、こちらへ」

アルセナに先導され、城内を歩く。

案内されたのは、前回も宿泊した客間。

寝室が四部屋にリビングという間取りであり、主人とその従者がまとまって滞在するのにちょうどいい具合の間取りだ。

「以前も泊まられていたお部屋です。他の部屋よりは過ごしやすいと思うのですが」

「ああ、ここの方がありがたいな」

冒険者として考えても色々と積んできた濃い経験のおかげで、最近ではどこであろうと気を抜けるようになってはいる。

しかし、勝手知ったる部屋でならよりのんびり休める。

慣れ親しんだ自分の家が一番いい、というのは間違いないからだ。

「夕食はこちらにお持ちしましょうか？」

「そうさな。それで頼む」

「かしこまりました、そのように。本日は何もございませんので、どうぞごゆるりと」

「ああ、そうさせてもらおう」

アルセナは一礼して出て行った。

全員でソファに座り、一息。

久しぶりに腰を落ち着けた感じがする。

船旅は穏やかそのものだった。

何か事件が起きるわけでもなく。

散発的に海の魔物が襲ってくることもあったが、すべて騎士たちがサクッと始末してしまったので出番も全くなし。

だが、やはり船の上と陸地では違う。

それを改めて実感していた。

お茶を淹《い》れ、お茶菓子を取り出して適当にテーブルに並べる。

こういった些事《さじ》を任せられる侍女も呼べば来るのだろうが、別に太一たちは貴族でもなんでもない。

給仕に限らず、自分たちでできることはやってしまうのがいい。

もちろん、執事やメイドに仕事を任せるというのは、王城に滞在するにあたってある種の義務のようなところもある。

彼ら彼女らの仕事を奪わないために、だ。

しかし今しばらくは、人払いをしておきたかった。

特に重要な何かはない。

ただちょっと、気を抜く時間が欲しかった、という理由であった。

「シャルロット殿下忙しそうだったね」

凛がつぶやけば。

「そうね。あたしたちには分からない何かがあるんでしょうね」

ミューラが応じる。

二人の会話を聞きながら太一は紅茶を飲む。

美味しい。

色々なところでお茶といえば紅茶であることがほとんどだ。

庶民に広く流通しているのは安いお茶。

王城で出されるお茶は、客人に見栄を張るため、最高級に近いかなり良いお茶が常備されている。

最近は太一もなんとなく紅茶の味が分かってきたような気のせいのようなそうでもないかもしれない。

「やあ、安いお茶と高いお茶の違いくらいは分かるかもなぁ」

「ほう？　お前も味が分かるようになったか」

「ソムリエみたいなことはできないけどな」

細かい味の違いまでは分からないけれど、少なくとも廉価版の味なのか高級な味なのかは分かるようになってきた。

別に安いのが悪い、まずいから飲みたくない、というわけではない。

その点だけは、勘違いしないでほしいと思う太一である。

「味の違いが分かるだけ大したものだ」

高い紅茶には高いだけの理由があって。

まあ、安いから不味いわけではなく。高いから美味いわけでもなく。

品質が安定していて万人受けする味が誰でも出せる茶葉で、栽培が容易で大量生産できるから安いというものもあれば。

味は癖があって万人受けはしないものの、栽培が難しくて採取量も少ないがゆえにある

種の珍味扱いとして高価なものもある。

ただ、高いお茶は茶葉農家が生涯をかけたこだわりの逸品であることがほとんどで、その高級なお茶に見合う味をと追求されているから美味い場合が多い。

「安い割に美味いのもあるから、面白いよな」

「ああ、私もそう思う」

と、ここまで益体《やくたい》の無い思考と会話をしてみたものの。

やはり気になるのは、帰国するなりシャルロットがどこかに向かったこと。

そんなに急いでするような報告だろうか。

もちろん早く報告するに越したことはないけれど。

太一がサラマンダーとの契約に成功したこと。

聖教国の協力を取り付けたこと。

これらは非常に大きな成果ではあるが、王の立場としては今すぐに聞かなければ重大な過失が発生するような、緊急性があるものではない。

一日二日。あるいは一週間くらい遅く聞いたところで変わるものではない。

まあ、それも明日以降には分かるのだろう。

おそらくはそういうことだとは思う。

万が一だが、知らされずに挨拶《あいさつ》だけして城を去り、アズパイアに戻ることになるのかもしれない。

登城要請が出ていたというのだから、実際にそうなる可能性はまずないだろうが。

どちらに転んでも、太一たちとしては構わなかった。

◇◆◇◆◇◆◇◆

旅装から城内での正装であるいつものドレスに着替えたシャルロットは、国王への報告を終えて自室に戻ってきていた。

何で、わざわざ報告をすぐに聞きたがったのか。

レミーアが予想し、太一たちも同意した通り、聖教国での成果は喫緊の課題解決のためのものではなく、急いで報告する必要はなかった。

実際、父王であるジルマールも、報告した結果についてはそれほど重要視はしていなかった。

もちろん大きな成果ではあるので喜んではいた。

太一がサラマンダーと契約したことも、聖教国が味方になったことも、小さなことであるはずがない。

しかし、それ以上に重大なことをジルマールが抱えていたわけだ。

「周辺国を説き伏せよ、とお父様は仰っていましたね」
侍女に命じて楽な格好に着替えたシャルロット。
ベッドに腰かけ、考える。
なるほど、と納得した。
こちらの事案は急ぎだ。
何せ時間がかかる。
「いくら、向かう先は決まっているとはいえ……」
エリステイン魔法王国は大国だ。
帝国や皇国と比べて、もっとも穏やかな国であるのは間違いないだろう。
しかし、しかしだ。
三大大国と呼ばれる国だ。
甘いわけでもなく。
周辺にある島国は軒並み属国となっている。
エリステインに逆らい返り討ちにあった国。
国力の差から進んで属国になり、盟主からの恩恵をフルに受けている国。
もちろんすべての属国が徒党を組んだとてエリステイン魔法王国には敵わない。
だが、合わせるとそれなりの大きさになり、その力は決して無視はできない。

その上。

「トウの国ですか。あそこは、確かに……」

国民の数や経済力といった面では属国の中でも平均にやや届かないくらい、下の中といったところだ。

しかし、あそこは武力が突出している。

武力だけでいえば中の上、下手をしたら上の下まで届くかもしれない。

国力を考えると圧倒的な武力、戦闘能力を有している国といえる。

今後の戦いに備えてトウの国を引き込んでおくのは重要、というのが、父王であるジルマールの言葉だった。

シャルロットもそう思う。

周辺国へ接触するには時間がかかる。

使者に手紙を持たせて向かわせる手も無くはないけれど、先方が渋った場合がめんどうだ。

となると、権威と力を持つ者が向かって一度の旅で決めてくるのが時間の節約にもなっていい、ということだろう。

「つまり、また皆で旅に出るということですね」

その旅における権威とはシャルロット、力とは太一たちのことだ。

シャルロットに断るという選択肢はなく、むしろ望むところ。

太一たちも特に断るまい。

「また旅に出る、と申すか」

ハッとして振り返る。

そこには、窓枠に腰かけているアルガティ・イリジオスの姿があった。

シャルロットは慌ててベッドから立ち上がり頭を下げた。

太一たちを召喚するように命じたのはシェイド。

彼は、その右腕。

実際に異世界から人を連れてくる召喚魔法の指示をしたのはアルガティだった。

「はい。きたる時に備えて、できうる限り戦力を整えるべき、と」

「良い心がけだ」

「ありがとうございます」

アルティアとセルティアの戦いに向けた準備を進めていることを話すと、アルガティは満足げにうなずいた。

「よろしい。では、そなたらにシェイド様からのお言葉を伝える」

「……！」

アルガティに対しては立礼で済ませた。

しかしシェイドの言葉となるとそうはいかない。

「上意である」

「はっ」

シャルロットはその場で跪《ひざまず》き、こうべを垂れた。

アルガティの本題はこれだ。

勅命を携えてやってきた。

つまりアルガティはシェイドの代理人。

礼儀作法は、アルティアの管理人たるシェイドに対するものと同じものでなければならない。

自身が王族であることなんて関係ない。

こうするのが、シャルロットにとって正しいから。

「時は近い。その備えとして、異世界からの旅人たちに修行をつけよう――シェイド様はかように仰せである。準備が出来次第我に声をかけるがよい」

「かしこまりました」

上意が終わったため、シャルロットは立ち上がった。

アルガティも上位者ではあるが、さすがにシェイドに対するものと同じ態度はとれない。

シャルロットとしては同じくしたいところだけれど、シェイドが最上位であるからには、差をつけなければならないとはアルガティの言だ。

「そなたらの今後の行動指針はシェイド様の益になるゆえ、我も推奨しよう。しかし、シェイド様曰《いわ》く、開戦日の推定はもう済まれているとのこと。いかなる不確定要素があろうと、そう大きくずれることはない、と仰せである」

アルガティは手を後ろで組んで、こつこつと部屋の中をゆったりと闊歩《かっぽ》した。

靴底が床を打つ音と、アルガティの声だけが響く。

「時間をかければかけるほど、少年らの修行の時間がなくなるぞ。ゆめ忘れぬようにな」

「はい、仰せの通りに」

「うむ。ではな」

アルガティは煙となって溶けるように消えた。

吸血鬼の真祖であるからして、シャルロットにも分からない方法があるのだろう。

「……修行……あまり時間をかけてしまうと、時間を奪ってしまいますね」

アルガティは、周辺国への外交については賛同してくれた。

しかし同時に、それにあまりに時間をかけてしまえば、本番に向けての修行の時間が短くなってしまう。

「お父様にもそのことを上申しなければ」

こうして、Xデーに備えた政《まつりごと》をしているのだ。

きっと理解してくれる。

明日だ。

そこで、太一たちも交えて王ジルマールとの会談がある。

大事な場だ。

明日に備えて、ベッドに潜り込むシャルロットだった。

◇◆◇◆◇◆◇◆

王城の会議室。

太一たちも何度か立ち入った場所だ。

豪奢《ごうしゃ》な造りで、国王ほか高位貴族や大臣が集まるにふさわしい格式がそこにはあった。

心なしか、重厚な香りが満ちているように感じられる。

それもそのはず。

普段、政治のあれこれが決められている場所。

国の行く末を左右すると言っても過言ではない案件が、過去いくつもここで捌《さば》かれてきたはずだ。

それだけ積み上げられた歴史が、きっとそう感じさせているのだろう。

そして今日これから。

今後の運命を決める話し合いが行われる。

全員が席についたところで、上座に座るジルマールが声を発した。

「ご苦労だったな」

「此度《こたび》の聖教国での働き、最上の結果だったとも」

ここを使う以上、非公式とはいかない。

ゆえにジルマールは王としての威厳を存分に発揮してそこに座っていた。

当事者以外には漏らせない話はここでするのが一番良い。

この会議室は国王の私室、王族の私室に並ぶ盗聴防止態勢が敷かれている。

これらの部屋を盗聴した者、盗聴を指示した者はいかなる理由があろうと、いかなる派閥の者であろうと厳罰に処される。

だからこそジルマールはここを選んだわけだ。

今この部屋には、国王ジルマール、王女シャルロットをはじめとして、宰相ヘクマやスミェーラなど、太一たちとも交流のある重鎮が集まっている。

それ以外にも、国王ジルマールが特に信用している者が集まっている。

クローズの場所で、知るべき人が知るという意味でオープンな会議の始まりだ。

もっとも、大体の会議はその内容によって参加者が限定されるので、別にこの会議に限った話ではないのだが。

「すでに大体のことはシャルロットから聞いている。色々とあったようだが、最終的には丸く収まった、と」

聖教国にて行われた策略は亡国さえありえたが、それを阻止。

狙い通りにサラマンダーと契約を成した。

犠牲者も出ているので最良の結果とはいえまい。

しかし、できうる範囲で最大限の働きをしたことに疑いはない。

「はい。昨日ご報告した通り、皆様の働きは素晴らしいものでした」

「うむ」

ジルマールは重厚にうなずいてシャルロットの言葉を肯定した。

「して、そなたらも気付いているだろうが、そなたらを称賛するためだけに来てもらったわけではない」

港に着いた時点でそれは分かっていた。

確かに歓迎と旅を終えてきた太一たちをねぎらう気配はあった。

しかしそれ以上に、物々しいというか、のんびりしていられないというか、そういう空気もあったのだ。

名将と名高いスミェーラ将軍が率いていたのは、いずれも厳しい鍛錬を乗り越えたひとかど以上の騎士たち。

スミェーラが頭を張っている騎士が、そういった緊張感を出さずに任務に従事するなど朝飯前であろう。

つまり、その空気感は、将軍自身が意図的に出したものに違いない。

達成お疲れ様、だけではないということ。

「もちろん、ねぎらう意図もあるがな」

「陛下」

ここでは、シャルロットは父を王と呼んだ。

公式の場では家族である前に王と王女。

当たり前の分別である。

「貴族相手であれば前置きも大事ではあるが、そなたらには例のごといきなり本題とさせていただこう」

ちらりとレミーアを見るジルマール。

それはかつて、太一たちの師と王が繰り広げたやりとりだった。

レミーアは軽くうなずいていた。

注目していなければ気付かない程度のもの。

師と弟子という関係性はここでも有効だ。

表に出すか出さないかは別にして。

「今日来てもらったのはほかでもない。帰ってきたばかりなのは承知しているが、そなたらに再度依頼をしたいのだ」

「と、いうと？」

帰国して早々だ。

どうでもいい話ではあるまい。

これだけ重大な出来事の後のことなのだから。

「うむ。期限は刻一刻と迫っている。その時に備えて、我が国エリステイン魔法王国の周辺にある諸島群にある国々を協力させたい」

なるほど。

それは重大な案件だ。

完璧にはそろわなくとも、足並みを合わせようとするのは大事なことだ。

もちろん矢面に立つのは大国エリステイン魔法王国である。

国の大きさ、国力的にもそれは間違いない。

しかし、その背後の国が歩調をそろえているのかどうかは、些細《ささい》なようで大切なことだ。

ジルマール曰《いわ》く、諸島群の国々が束になってかかっても、エリステイン魔法王国にとっては大した脅威にはならない。

滅ぼすことさえ難しくはない。

けれど、これが有事では違う。

エリステイン魔法王国といえど、世界と世界のぶつかり合いにおいて、背中を気にしている余裕はない。

そんな時、隙があるからと背中を刺されてはたまったものではない、というわけだ。

それを防ぐため。

また共に戦うため。

属国を説き伏せたいのだという。

「なんで私たちが？」

という凛の疑問ももっともだ。

その話、間違いなく外交で解決するべき事案だ。

それを冒険者である太一たちに投げるとはどういうことだろうか。

聖教国でのシャルロットの護衛という表向きの仕事もあり、それも間違いなく重大な仕事ではあったが、本来はあんな事件が起きるとは想定しておらず、形式的なもので終わるはずの護衛依頼だったのだ。

何度も言うが、聖教国での仕事は、事実上太一がサラマンダーと契約するというのが主題。

だからこそ受けた形になったものだが、今回もそういうことなのだろうか。

そのような考察を受けたジルマールは首を振る。

「いいや、今回はそなたらの武力に大いに期待している。ヘクマ」

「はっ。ここからは陛下に代わってご説明いたします」

無数にある国のうち、ほとんどは書状だけでエリステイン魔法王国の主張を飲み、協力するという言葉を引き出している。

他の国も基本的には従う方針だ。

いや、厳密には従いたい、というところだと。

要は、従いたいが国内がごたついていてそれどころではない、という返事が、無数のオブラートとベールに包まれて返ってきたらしい。

これは各国に駐在している大使館からの報告であるため裏も取れている情報だ。

これらのゴタゴタを抱えている国は数か国あるそうだが、これらの国で必要なのは解決する「力」なのだという。

「シャルロット殿下を国王陛下の名代として、エリステイン魔法王国として派遣いたします。皆様には、殿下に従ってその力を振るっていただきたいのです」

「強引ですね……」

「もちろん、バタついている国内を諫《いさ》めたいがどうにもならない、という先方の苦渋の言葉を汲《く》んでのことです」

実際に国に赴いて、力を振るうかは当該国のトップの意思を確認してからにはなる。

強力な力ではあるが、あくまでも武力での解決の提案なのだから、いくら属国相手だからといって問答無用とはならない。

しかし、行き先となる国に足りないのはその武力であるという。

だから高確率で、力ずくでの解決になるだろう、とヘクマはいう。

ちなみに、それ以外の国については、エリステイン魔法王国が間に入って力ではない方法で適宜解決するようだ。

その比率は、武力が必要な国に対し、交渉などによって解決すべき問題を抱えている国はその倍はあるとのこと。

ずいぶんたくさんの国があるのだな、と太一は聞きながら思った。

「多分、一国一国はとても小さいんじゃないかな?」

「んん……?　ああ」

一瞬首をかしげたものの、アルティアという世界のことを今一度思い出した太一は納得した。

エリステイン魔法王国。

シカトリス皇国。

ガルゲン帝国。

そしてクエルタ聖教国。

そのどれもが大国だった。

クエルタ聖教国は、三大大国に比べれば小さいものの、この世界では次点の大国に入る。

この世界では、都市国家という形で、それなりの規模の都市がひとつの国である、ということが多々ある。

大国以外のほとんどがそういった国だ。

アズパイアでさえ、他の地では都市国家として十分成立しうる規模。

都市国家に縁が無かっただけで、三大大国にクエルタ聖教国を含めた大国が異常なほどの規模を持っているだけであり、世界を見れば都市国家などのごく小規模の国の方が圧倒的に数が多い。

その例にならうと、諸島群にある国家は無数にある島ひとつひとつが独立した国、ということだ。

「いくつかの国で、必要とあらば力ずくで解決してほしい、ってことでいいですかね？」

「その通りです」

太一の認識確認に、ヘクマは首肯《しゅこう》した。

パラと手元の資料をめくってさっと斜めに目を通した。

読んだというよりは、頭の中に入っている内容を、資料を読んで念のため確認したというところか。

今参加している会議の議題くらい、すべて完璧に頭の中に入っているくらいでないと、大国の宰相など務まらないということ。

ただ、記憶というのは曖昧《あいまい》なもの。「分かっちゃいるけど念のために確認」と念を入れたわけだ。

「どの国に向かうか、順番、航路の予定はすでに組み終えております。また、当然ですがもろもろの雑費も国持ちです」

もう準備は済んでいるようだ。

諸経費が国持ちなのは、聖教国へ向かった時と同様なので驚きはない。

後は太一たちがそれを了承したらすぐにでも出発可能というわけである。

「いかがでしょうか？」

とヘクマが太一たちに水を向ける。

「現地では、わたくしが采配を振るわせていただきます」

了承するのにためらう理由はない。

「仕事あるわけじゃないし、いいんじゃないか？」

「そうだね」

「いいんじゃないかしら？」

この依頼、今後必ず行われる決戦に向けた動き。

味方を増やして少しでも一枚岩に近づくための布石なのだ。

これからは修行と決戦に向けて様々な準備の時間。

修行はもちろんだが、準備については自分たちだけの問題ではない。

誰かに必要とされるなら力を貸すのもやぶさかじゃない。

今回のエリスティン魔法王国からの話は、いわゆる準備の範疇《はんちゅう》だ。

であるならば、断る理由どころか、逡巡《しゅんじゅん》する必要すらなかった。

三人の視線を受けて。

「私から言うことはない。お前たちが決めるといい」

レミーアは一切の口出しをしないと明言。

受けるにせよ断るにせよ、自分たちで考えて出した答えならば異論はない、ということだろう。

もちろん、太一は何も考えず……というより、理由もなしに「受ける」と決めたわけじやない。

凛もミューラも同様だろう。

となれば、この依頼は受けることが確定だ。

「少しよろしいですか?」

後は了承するだけ、というところで、シャルロットが口を差しはさんだ。

「いかがなさいましたか、殿下」

麗しの姫は立ち上がると、周囲を見渡した。

花びらが舞い散ったかのような香りが、ふわりと鼻腔をくすぐった。

「昨晩、アルガティ様が私の元を訪れました」

ざわ、と沸き立つ会議室。

主に声をあげたのはエリステイン魔法王国側の面々だ。

太一たちは特に驚きはしなかった。

そういうこともあるし、なんなら面識もあるからだ。

「そうか」

「はい。シェイド様のお言葉を預かって参られました」

シェイド。

闇の精霊であり、異世界アルティアの管理者。

太一が、この世界で最強の存在ではないかと思う相手だ。

精霊四柱と契約した今でも、まったく勝てる気がしない相手である。

「どのような内容だったのだ?」

シャルロットはうなずき、そして。

「はい。きたる決戦に向け、皆様方の鍛錬を行われる用意があると」

太一たちを見て言った。

「ほう」

「この件については決戦に向けた行動であるため推奨はするものの、あまりに手を取られると鍛錬の時間に影響が出ることを忘れないように、と仰せでございました」

「ならば、時間をかけるわけにはいかないの」

ジルマールは腕を組んで目を閉じる。

大国の王の肩書は飾りではない。王として優れる頭脳が素早く回る。

先ほど、必要ならば力ずくで構わない、と言った。

それは正解だったのだ。

彼らこそ、この世界における最大戦力。

その底上げが最優先であることに疑問の余地はない。

今回の依頼はあくまでも戦力拡大の一手段。

シェイドも不要ではないと認めているが、同時に最重要でもない、と忠告されたわけだ。

「なるだけ早い解決が必須だな。では、改めて宣言しよう。そのために必要であったり、あまりに相手が頑《かたく》なで状況が動かぬならば、力ずくでの解決を、余の名のもとに認めるとな」

ジルマール王……ひいてはエリステイン魔法王国の責任のもとに命じたものである、という命令書を用意するとのこと。

シャルロットは名代。

太一たちは王女の実行部隊。

責任はエリステイン魔法王国にあると証明するもの。

介入された国が文句を言いたければ、その先はエリステイン魔法王国になる、ということだ。

事実上、「黙っとけ」と頭を踏みつけるに等しい。

「ふむ、つまりは、我らの行動の責任を国が取る、という認識で良いのだな?」

ここまでずっと黙って聞いていたレミーアが、ジルマールに問い掛けた。

「その認識で間違いはない。面倒はこちらに押し付けてもらいたい。サクサクと片付け、自己研鑽《けんさん》に励んでほしい」

「そうか、分かりやすくて良いな」

「然り。先方も力ずくを認めていることであるし、余も可及的速やかに終わらせたいと考えている」

「出発は？」

「明朝を予定している」

「承知した」

メインテーマはここまで。

太一たちが出席する必要がある会議は終了した。

残りはこまごまとした話が行われるらしい。

いつもの客間に案内される。

一晩経ったら出発だ。

ここしばらくの旅とは違う。

「ふう……」

ベッドに身を投げた太一は、久しぶりに眺める天井を見上げながら思う。

こう言ってはなんだが、気が楽だ。

「まあ、それもそうか」

サラマンダーとの契約。

セルティアでの探索。

ウンディーネとの契約。

精霊魔術師への進化。

これらにまつわる出来事はどれもこれも非常に重たい案件だったし、自分たちが主体だった。

それに比べて、シャルロットについていき、言われたら戦うだけ。

これほど楽な仕事はないだろう。

采配するのはシャルロットで、自分たちは駒。

もちろん助言を求められれば応じるけれど、現地で太一たちが戦うのを決めるのは彼女だ。

人任せはどうかと思わなくもないけれど、今回はそれが正解。

こうして国王から直接依頼を受けるような立ち位置にはいるが、いくら実力があろうとも本来はたかが冒険者であり、王族や貴族から命令を受ける側だ。

もちろん対価は受け取るものの、関係としては明確に上下が決まっている。

「修行かぁ……」

果たしてどんな修行が行われるのか。

考えても分からないけれど、ただ、しんどいことだけは確かなはず。

そんな修行を、時間に追われて取り組むなんて地獄に違いない。

いかに早く終わらせて、修行に向かうかがカギだろう。

「寝るか」

太一は毛布をかぶって目を閉じた。

第九十八話　トウの国へ

船はクエルタ聖教国に向かうために乗ったものと変わらない。

こちらは王族……というかシャルロット専用の船だという。

朝露の姫君として外交を行うことも多かったシャルロット。

専用の船というのは、格式を高めたり、属国を威圧したりと、役に立っているようだ。

「なるほどな……当たり前だけど、ものの格って、こんなに大事なんだな」

「やっぱり偉い人はいいものに乗るべきなんだよね」

太一と凛はしみじみとつぶやく。

今更だが、エリステイン魔法王国は、大陸の北西に突き出した広大な平野に存在している。

エリステインの東端の国境は、それぞれ上側がシカトリス皇国、下側がガルゲン帝国と接する。

太一と凛が認識している大陸の形は、コの字の下線が無く、縦に長いものだ。

そのエリステインの西端の海岸線からさらに西へ進んだ先に聖教国が存在しており。

太一たちが回る属国は、エリスティンの南側にある諸島群、海洋国家連合だ。

いずれの国も国土は島ひとつであり、大陸の広大な土地を治めるエリスティン魔法王国とは格が違う。

それは、乗っている船からも一目瞭然なのである。

すでに訪問済みであるカルク王国、ゼパル帝国は、シャルロットが乗ってきた船からして格の違いを改めて確認したようで、話は非常にスムーズに進んだ。

もちろん八方を海に囲まれた国々なので、カルク王国もゼパル帝国も船を何隻も所有している。

しかし各々の国で最大の船でも、シャルロットの船の半分にやっと届くかどうか。

国王の専用船や、王国軍の旗艦はもっと大きいのを考えると、船一隻だけで国力の差を明確に示していた。

そして今、アライト王国の交渉担当である外務大臣と第一王子が、シャルロットの船に乗っていた文官と穏やかに話をしている。

いくら大国に所属していても、たかが文官では外務大臣と王族を相手にするには格が足りない。

しかしそれを実現しているのは、大きな船の存在感と、文官の後ろに座っているシャルロットの存在だ。

アライト王国側も、そこにシャルロットが控えている意味を当然ながらきちんと理解していた。

「あの文官の発言を保証している、というわけよね」

ミューラが言う。

護衛として控えていた太一たちも多数の政治に触れてきたので、ただの高校生でありながらその意味を知識ではなく肌で理解していた。

特に今回、シャルロットは国王ジルマールの名代である。

シャルロットの言葉はジルマールの言葉と同じ。

つまるところ、文官の言葉もまた。

話し合いは至極スムーズに片付いた。

外務大臣と文官が笑顔で握手を交わしている。

どうやら話し合いは無事終わったようだ。

この光景を見るのはこれで三回目。

さすがに同じ光景を三度も見れば、内容までは分からずとも進行度は分かる。

その後はこれまでとほぼ同じ流れで船に乗り、次の目的地へ向かう。

「殿下。これで三か国すべて、こちらの要請を受諾いただきました」

「ええ、ご苦労様。次も頼みますね。下がっていいですよ」

「ありがたきお言葉。それでは御前失礼いたします」

文官が去っていく。

「後一国だな」

「はい」

レミーアの言葉にシャルロットがうなずいた。

そう、今回回るのは四か国だ。

海洋国家連合の中でもっとも大きな国、上から四か国。

他にも国は無数にあるが、それらへの話はその四か国に任せる段取りになっている。

この島国での仕事が終わったらすぐに次だ。

「残った国が、問題です」

「トウの国、でしたっけ」

「ええ」

凛が口にしたのが、この船が向かう最後の目的地。

特に太一と凛は印象深く覚えていた。

話を聞く限り、日本を彷彿《ほうふつ》とさせるような国であるとのこと。

一筋縄ではいかないことは分かっている。

トウの国が、個人の戦闘力に優れた武闘派だから。

太一、凛、ミューラ、レミーアが呼ばれた一番の理由が、トウの国だ。

この国もまたエリステイン魔法王国の属国だが、武力に自信があるからなのか、従順ではあるものの唯々諾々《いいだくだく》かと言われるとまた少し違う。

もちろん最終的には言うことを聞くのだが、それまでの時間が長いのだ。

二つ返事で了承しないことで自尊心を満たしているかのようなところがある。

それは末端から国主まで同様。

国主からエリステインに対する隔意、敵意を感じたことは無いのでおそらくは無自覚だ、とはトウの国担当の外交官の弁。

「これからが、皆様にとって本番です。もちろんわたくしたちにとっても」

ちょっと交渉が長いだけで実害が無いので、エリステインの上層部も特別問題視はせず、外交官も優秀なので根気よく交渉を行い、事を荒立ててはこなかった。

しかし今回はそうはいかない。

時間をかければかけるほど弊害が出ると分かった今、そんなに猶予を与えるわけにはいかない。

これまでに回った国はゴネることなく、シャルロットが代表して携えたエリステイン魔法王国のメッセージを受け入れた。

そんなに時間をかけていられないのは、トウの国相手でも同じだ。

でもそう簡単にはいかないと、シャルロットの顔が物語っていた。

船はやがてトウの国が統治しているカガリ島の海岸線を進み、首都であるエドの街の港に到着した。

船から降りたところで太一と凛は懐かしさと驚きの、ふたつの感情を抱く。

実際にこの目で見たことがある街並みではない。でもいつか目にした時代劇などで映された街並みを彷彿《ほうふつ》とさせたから。

すでに先ぶれは出していたからか、港にはそれなりの地位に就いているであろう人物が待っていた。

この人物も、顔立ちは地球でいうところの日本人と西洋人のハーフのようだった。

「お待ちしておりました。我が国は殿下を心より歓迎いたします」

その装いは決して伊達《だて》ではなく、他国の王族に対する洗練された礼節はどこに出しても恥ずかしくないものだった。

「出迎えご苦労様です」

「ありがたきお言葉。僭越《せんえつ》ながらスルガ家が当主、ケンシンが王宮までご案内申し上げます」

「ええ、お願いしますね」

必要な人間のみ用意されていた馬車に分かれて乗り込む。

船には馬車も馬も当然ながら乗っている。

地球史の大航海時代は乗組員の食料と飲料だけで精一杯。

他に気を回す余裕なんてない。

ましてや馬を乗せる、馬車を積載するなんて考えられなかった。

船のクオリティ的にも不可能だった。しかし、ここは科学がある地球ではなく、魔術がある異世界だ。

この世界の船も帆船だが、地球の帆船と違ったのはやはり魔術の有無。

現代科学が魔術に劣るわけではない。

勝《まさ》っている点もたくさんある。

しかし科学では解決できないものでも魔術でなら解決できたりする。

太一と凛は自分で魔術、魔法を使うようになったからこそ痛いほど実感している。

車輪がガタガタと音を立てて走り出す。

なかなかいい馬車だ。揺れも少ない。

高級な馬車を用意してくれたようだ。

それだけ、大使として訪問したシャルロットのことを大切にもてなそうという意思表示だろう。

「そこの馬車、とまれ!」

順調に走っていた馬車がとまった。

正確には、とめられた、というのが正しい。

「少々お待ちください。今確認してまいります」

「ええ」

賓客をもてなすということでシャルロットと同じ馬車に乗っていたケンシンが出て行った。

「何事でしょう?」

シャルロットは首をかしげる。

「ちょっと外を見てみますか」

太一が身を乗り出して野次馬しようとする。

気配では、ケンシンが馬に乗った数名の兵士らしき人物たちに声をかけようとしているのが分かった。

姿は見えないが何となく剣呑《けんのん》な雰囲気なのは伝わってきた。

そしてすぐに、野次馬する必要がないことが分かった。

「そなたら、何用でこの馬車をとめるのだ」

馬車の中にまで外の声が届いたからだ。

貴族が使う馬車なので遮音性はそれなりにあるが、太一と凛の実家にあった自動車と比べてはかわいそうである。

「スルガ侯爵閣下。恐れ入りますが、我々も命令にて」

悪びれた様子はない。

それどころか自分たちの行動に何も瑕疵《かし》はないという態度だった。

「そうだ。馬車をとめたのはおれの命令だからな」

「これはクラノシン王子殿下」

馬車の外で、ケンシンが深い敬礼をした。

馬に乗っていた者たちはわきに寄ってクラノシンが歩く道を作る。

なるほどこの国の王子が命令して馬車をとめたようだ。

「さようでございますか」

「うむ。おれは馬車の王女に用がある。そなたは下がっておれ」

「しかし……」

「しかしも何もない」

ずいぶんと強引だ。

外での会話を聞いていたシャルロット。

彼女はすっくと立ち上がって馬車を降りる。

続いて彼女の筆頭護衛騎士であるテスラン、そして太一たちも馬車を降りた。

「お久しぶりです、クラノシン王子殿下」

しゃんと背筋を伸ばし、シャルロットはクラノシンに向き合った。

「久しいな、シャルロット王女殿下」

「ええ、息災そうで何よりです」

「うむ、そなたもより美しくなられた」

「ありがとうございます」

王族同士の会話ともなれば、余人が間に入ることはできない。

「しかし、王女殿下がわざわざ参られるとはいかなる用向きか」

「すでに陛下には先ぶれを出しております」

この国を訪れるエリステイン魔法王国からの使者は、基本的に担当の外交官たちだった。

王族がやってくるなんてほとんど無いことなので、こうして真意をはかろうとしてくるのも納得である。

しかし。

「む……」

「此度《こたび》、私はエリステイン魔法王国の名代として、貴国に参った次第です」

シャルロットが提示したのは、エリステイン魔法王国の国王ジルマールを示す徽章《きしょう》。

つまり、シャルロットは国王から全権委任された大使としてやってきたことになる。

シャルロットは多くは語らない。

しかし言外に込められたメッセージは強かった。

エリステイン魔法王国の国王の行く道に、どういう了見で立ち塞がっているのか——

「そうか……それは失礼した……」

当たり前だが、クラノシンでは国王相手には格落ちだ。

ましてやこのトウの国はエリステイン魔法王国の属国である。

エリステイン魔法王国に従属する代わりに十分な支援を受けて豊かな生活ができている側面がある。

五十年ほど前のトウの国は、国民の七割が日々の生活に精一杯で貧しく、エドの街も非常にみすぼらしかった。

今の見る影もないほどに。

従属というのはトウの国のプライドに堪えたが、エリステイン魔法王国は従うに値するだけの益をもたらしてくれたのだ。

ただ頭ごなしに命じてくるだけの国ではなかった。

その歴史や経緯は、第二王子であるクラノシンもよく知っていた。

感謝してしかるべきであると、理性は訴えている。

しかし、人は感情の生き物で、その感情はままならないものである。

「どうぞ、このまま向かわれよ」

「ええ、歓待ありがとうございます」

「……っ。いや、遠路はるばる参られた殿下を歓待するのは、王族の務めだとも」

クラノシンはとっさに声が出なかった。

それが、勝敗を如実に表していた。

「ありがとうございます。では失礼いたしますね」

きれいな所作でクラノシンの前を辞し、馬車に乗り込むシャルロット。

外交も精力的に行う大国の王女は伊達《だて》ではない。

その儀礼の美しさは、この国でも並び立つ者はいないのではないかと思うほどに洗練されていた。

ただの礼ひとつでも格が決まってしまう。

それが王侯貴族というものだ。

馬車が走り出す。

クラノシン一行は、今度こそ行く手を遮《さえぎ》らなかった。

◇◆◇◆◇◆◇◆

エリステイン魔法王国一行を乗せた馬車が王城の正門をくぐった。

「到着いたしました」

「ご苦労様です」

テスランに手を取られて馬車を降りるシャルロット。

太一と凛はその城を見て再度の懐かしさを覚えた。

戦国時代に建てられた城の面影があったから。

馬車から降りて城を見上げていると。

「行くぞ」

先に進んでいたレミーアに声をかけられ、慌てて追いかけた。

建物の中に入ると、木造の内装が目に映る。

やはり内部も懐かしい。

もちろん記憶にある日本とは違うので、郷愁に涙が出るということはない。

でも、十分な慰めにはなった。

城内を進むことしばらく。

「こちらでお待ちください」

案内されたのは畳の和室……によく似た部屋。

和室とは言えない、と太一と凛は思った。

草で編まれた畳によく似たこの床材は、明らかにい草ではなかったからだ。

まず編み方が違う。太一と凛が記憶している畳は、こんな編み方ではなかった。

また、い草じゃないと判断できた理由は、色が紫色だったから。

色自体は鮮やか。

これに感動したアルセナがケンシンを褒め称《たた》えたところ、この鮮やかさを出せる品種は非常に希少であると答えていた。

い草はこんな色ではないので、別のものと判断したわけだ。

世界が違えば、違う色になるのも納得である。

「畳と作法は一緒か」

靴を脱いであがる。

これまで太一と凛が暮らし訪れてきた文化圏ではどこでも、屋内でも靴を履いたまま過ごした。

久々に、部屋にあがるときに靴を脱ぐというしきたりに触れた。

仕事で訪れた地であるが、聞いていた特徴から日本に近いのではないか、という推測は立っていた。

今回こうして端々に、日本との共通点を見つけることができて、覚えた懐かしさはひとしおである。

「靴を脱ぐ文化は知っていたが、体験するのは初めてだな」

ブーツを脱いだレミーアが慣れない様子で座布団に腰を下ろす。

シャルロットたちも靴を脱ぐという文化に興味深げだった。

そうしてしばらくすると、城のメイドがやってきた。

「恐れ入ります。準備が整いましたので、ご案内申し上げます、シャルロット王女殿下」

「ええ、分かりました」

メイドについていくのはシャルロットとアルセナ、テスランと太一、凛、ミューラ、レミーアの七人だ。

案内された先は謁見の間。

玉座に腰かけるはモトヨシ王。

「よくぞ参られた」

「お久しぶりでございます、陛下」

「うむ、ますますお美しくなられた」

「陛下こそ、壮健そうで何よりですわ」

モトヨシ王とシャルロットの会話が始まった。

王を見た太一と凛は、やはり懐かしさを覚える。

それはトウの国を訪れた時から感じていたものと同一の感情。

モトヨシ王は、時代劇に出てくるお殿様を彷彿《ほうふつ》とさせる姿だったからだ。

とはいえ謁見中にそんな雑談をするわけにもいかない。

会談は滞りなく進み、モトヨシ王が書簡を読み終えた。

「なるほど……うむ、その方らに任せる」

モトヨシ王は少しだけ考えた様子だったが、悩んだようには見えなかった。

ほぼ即決だった、ということだろう。

「確かに我が国では現在後継者争いが起きておる。より強い者が王になることは国にとって悪いことではない。だから黙認しておった」

頭に手を当てるモトヨシ王。

「さっさと終わればよかったのだが、ずいぶんと長引いて泥沼になっておるのだ」

長期化した争いは、王にとっても頭痛の種なのだ。

「我が国で解決できないのはいささか情けないが、事ここに至っては仕方が無いこと」

モトヨシ王は頭を下げた。

「正直これを読んでも眉唾でしかないが……」

「父王は冗談をいう性格ではございませんわ」

「その通りであろうな」

属国相手だから、くだらない嘘で相手をからかっていいわけがない。

今回エリステイン魔法王国は属国相手に強硬策をとっているが、平素はそれなりに気を遣っているのだ。

モトヨシ王もそれを理解している。

トウの国への配慮ができないほどには切羽詰まっているのだろう。

普通ならありえない。他国で力ずくも辞さないという強硬な姿勢で来るなんて。

「あいわかった。任せよう」

「ありがとうございます」

この返事が来ると分かっていた。

エリステインとて、事前調査をしていないわけではない。

こちらにも駐在大使はいるし、王家の息がかかった商人も定期的に訪れている。

そういった諜報《ちょうほう》の結果話を持ちかけているし、それを分からないほどモトヨシ王も愚鈍ではない。

「さて、そこでだ」

モトヨシ王は少し身を乗り出した。

「王女殿下が連れてきた冒険者……その実力の一端を見せてもらってもよいだろうか」

この目で見ないことには。

疑っているわけではない。

王として、この慎重さは当然のものだ。

「ええ、構いませんとも」

モトヨシ王が右手をあげると、端に控えていた男剣士が前に出た。

立ち居振る舞いで分かる。

トウの国側でも飛び切りの腕利きであろう。

同じような格好をした者が複数人いて、彼ら彼女らもまた遜色ない実力を持っていることが分かる。

強い。間違いなくAランク冒険者と同等だろう。

エリスティン魔法王国最強であるスミェーラ将軍に迫るほどではないが、一般の騎士よりは明らかに上回っている。

凛とミューラでは、精霊魔術を使えるようになる前だと勝てたかは分からない。

勝率は三割行くかどうかといったところか。

「この者は余の剣術指南役である。手前味噌ではあるが、なかなかの腕前であるぞ」

そう告げるモトヨシ王の口からは自負が滲《にじ》んでいる。

武力自慢の国の面目躍如というところか。

「吾輩《わがはい》がお相手つかまつる。そちらは誰が出るのか」

歩み出たのはミューラ。

「あたしがやるわ」

「ほう。誰にも確認せずよいのか」

「ええ、この中で一番剣術の心得があるのはあたしだもの」

指南役の男は、太一と同じく刀を佩《は》いている。

足運び、体幹、筋肉の質。

その刀がハリボテでないことが分かる。

「なるほどな、確かにそのようだ」

彼とて、国王の護衛としてこの場に立ち、代表として前に出てくるだけのことはあった。

ミューラがその辺の雑兵とは違うことを一目で見抜いた。

「それに、この四人ではあたしが一番弱いのよ?」

「何?」

意外という顔をしていた。

指南役の男から見れば、ミューラも十分に強いのだが。

凛は納得いっていなさそうな顔を一瞬浮かべたものの、この場での方便だろうと分かったのですぐにひっこめた。

方便だと分かっていつつ、割と真面目な声色だったからこそ、納得いかない顔をしたのだ。

「あたしじゃ、不満かしら？」

「いや、是非もなし」

指南役の男は鞘《さや》に入ったままの剣の柄に手をかける。

彼に合わせてミューラもまた剣を抜こうと構える。

そうして二人の間に漂う緊張感。

剣気のような張り詰めたものが立ち込める。

そうして数秒。

しかし数十秒にも感じる時間が過ぎ。

指南役の男の額から一筋の汗が伝い、あごから滴《したた》って石畳にぽたりと落ちた。

一方、ミューラの方は平然としたまま。

それだけで、十分だった。

二人はそれぞれ構えを解いた。

指南役の男が一つ息を吐いて、モトヨシに向き直る。

「ごらんの通りです、陛下」

「うむ。ようく分かった」

モトヨシとて、この武の国で王を務める男。

王であっても。

いや、王であるからこそ戦闘能力が求められる。

この国最精鋭の集団である馬廻《うままわ》りほどではないが、その辺の雑兵に負けるようでは王にはなれない。

そんな王だからこそ、一合たりとも剣を交えなかった二人から、双方の力を感じ取ることができたわけだ。

「確かに、その力に偽り無いことは分かったとも」

「おわかりいただけたようで何よりです」

ミューラと指南役の男は、モトヨシが納得したことで下がった。

実力を見せる。

その目的は十分に達せられたからだ。

「ウジノブ」

「はい」

玉座の背後、立っていた数名の者たちのうち一人が歩み出た。

「お久しぶりですわ、王太子殿下」

「壮健そうで何よりだよ、王女殿下」

属国と宗主国という間柄《あいだがら》ではあるが、体面を保つという意味でただの王族と王位継承権者の差というルールを遵守する。

国としての上下関係とは話が別なのだ。

「この国にいる間は、余の名代としてウジノブがその方らの案内をする」

「よろしくお願いしますね、王太子殿下」

「こちらこそ」

「ウジノブよ」

「はい、陛下」

「現場では全権を委任する。エリスティン魔法王国の名代である王女殿下と共にいれば、話がはやかろう」

「はっ、必ず、陛下の御心を示してまいります」

「ご配慮、ジルマール王に代わり感謝申し上げます」

「うむ。……この国を頼んだ」

それだけ言って、モトヨシは玉座を立ち上がり、背後の扉の向こうへ消えて行った。

「では皆様、休憩室に案内いたしますのでそちらでお休みください。のちほど王太子殿下も参られますので」

残されたシャルロット一行は、ウジノブが手配したメイドに案内されて謁見の間を出ていく。

その背後では、何やら準備があるのか側近に指示を飛ばしていた。

◇◆◇◆◇◆◇◆

「おのれっ！　このおれに恥をかかせおって！」

投げつけたとっくりが壁に当たって砕けた。

まだ残っていた酒が壁に広がり、部屋に漂っていた酒のにおいが更に強くなった。

クラノシンは荒れていた。

酒もしこたま飲んですっかり酔っぱらっている。

彼にとっては、素面《しらふ》では耐えられなかったのだ。

「おれは継承権第二位だぞ！　いくら名代とはいえそれをあしらうなど！」

たった一瞬。

そう、本当に一瞬だった。

シャルロットの前に立ったまでは良かった。

そこで機先を制しようかと思ったところで、より強い言葉によってその先を封じられてしまった。

クラノシンの思惑とは裏腹に、即座に主導権を握られた。

彼女の静かな言葉に込められた意志の強さに、道を譲らされてしまったのだ。

その上歓待を感謝された。

わざわざ出迎えご苦労様、の意だ。

「あろうことか、おれを気遣っただと……?」

その言葉が出たことで、シャルロットは無礼を水に流す、と表明したのだ。

これは明確な借りだ。

クラノシンとシャルロット、二人きりであったなら問題なかった。

しかし、あの場には自分の家臣がいたし、それに加えエリステイン魔法王国の者たちも大勢いた。

何よりケンシンが見ていた。

ケンシンは当然、シャルロットの言葉の真意を理解していただろうし、自分の家臣の中にも、エリステイン魔法王国の者たちの中にも、会話の意味を理解していた者がいても不思議ではない。

ちょっと足跡を残してやろう、と思いついたのが運の尽きだったのか。

クラノシンにとってはもらい事故のようなものだった。

「くっ……このままでは済まさんぞ」

おちょこの酒をぐいと飲み干し、とっくりを探して破壊したことを思い出した。

「おい！　酒を持ってこい！」

そして。

「飲みすぎですよ、兄上」

「お前か」

部屋に入って来た人物に、クラノシンは烈火のごとき燃え上がっていた感情が鎮まるのを感じた。

「兄上のお気持ちは分かります。よその国にやってきてあの態度。いくら宗主国とはいえそこまで下にみられるいわれはない」

「そうだ、その通りだ！」

「かの者たちについてはお任せいただけますか。兄上は、兄上のすべきことに集中し、覇道をまい進なさってください」

「そうだな、その通りだ」

まるで熱に浮かされたように、クラノシンは同じような言葉を繰り返した。

その様子にしたり顔で一度うなずき、やってきたばかりの人物は退室していった。

クラノシンは立ち上がり、「何の変哲もない像ですよ」と言わんばかりに飾られていたアンティーク像を満足げに眺めた。

獅子にも見えるしトラにも見えるし、あるいは狼《おおかみ》にも見えるその像は、ただの芸術品です、という顔でそこに佇《たたず》んでいる。

第九十九話　いざ出発

太一たちが割り当てられた客間。
客を案内する部屋だけあってつくりは豪勢だ。
ぱっと見た感じはエリスティンの王城の客間と遜色は無い。
太一、凛、ミューラ、レミーアはそれぞれくつろいでおり。
それはシャルロットも同様だった。
船で旅をして陸に着いてすぐに登城して謁見。
ようやっと一休みできたところだ。
太一たちは冒険者として鍛えられており、肉体的な疲労は大したことは無い。
シャルロットもまた、外交は仕事なので旅慣れている。
じゃあ休憩がいらないのかといえばそんなことはない。
適宜休む必要がある。
とはいえ、それが束の間の休息であることは分かっていた。
「失礼するよ」

部屋の扉がノックされる。

シャルロットの入室許可を受けて入ってきたのは第一王子ウジノブだった。

「どうぞこちらへ」

「ありがとう。お待たせして申し訳ないね」

シャルロットに着席を促され、座りながらそう謝罪するウジノブ。

確かに先ほどの謁見からは数時間が経過している。

待たされたといえばその通りだが、それは彼なりの配慮。

ゆっくりと休んでもらおう、と、あえて少し遅れて来たのだろう。

「いえ、それほど待っていませんわ」

「そうかい？　それならいいんだけど」

その配慮をわざわざ口に出すほどはしたない真似をするシャルロットではない。

「ええ。それでは、早速本題に入りたいのですが……」

「構わないよ。そのために来たのだからね」

願ったり叶ったり。

話がはやくて何よりだ。

「ありがたいことです。事前調査をしてきているとはいえ、わたくしたちも所詮は他国の人間。やはりお話を聞かねば」

「こちらもそうしてくれると嬉しいよ」

いくら宗主国と属国という関係とはいえ、自分の国を好き勝手闊歩《かっぽ》されるのは困るのだろう。

だからこそウジノブがつけられたのだとシャルロットは理解しているし、そうでなければいけないと思っていた。

横柄にふるまって遺恨を残しては意味が無い。

今後協力してもらうためには、彼らの心証を損ねる真似は避けたい。

ただでさえ、エリステイン側の都合で強硬手段に出ているのだから。

「力ずくとはいえ、大儀なく力を振るうわけにも参りません。そこで、王太子殿下のお知恵をお借りしたいのです」

「もちろん承知しているよ。そうだね……ひとまず向かう先は、このエドから東にある町、カマガタニがいいと思う」

「カマガタニ、ですか」

「そう。つい先日、ここ最近でもっとも規模が大きな内乱が起きた街でね。もう機能不全を起こしていて街としての体《たい》を成していないんだ」

「なるほど……」

直接的な言葉ではなかったが、カマガタニという街は滅んだ、という認識でいいだろた。

う。

「ちなみに内乱を起こしたのは弟のクラノシンだ」

「第二王子、クラノシン殿下ですか……」

エドに到着した時、その行く手を遮《さえぎ》った王子だ。

別に知己が無かったわけじゃない。短い時間ではあるが、二回顔を合わせたこともあった。

「そうなんだ。多少過激で好戦的な性格ではあった。でも、戦をするのも民の、ひいては国の利益のため、という考え方をしていた。メリットとデメリットを天秤《てんびん》にかけて、デメリットが勝てば当たり前のように踏みとどまる男だったのに、なぜ……」

腑《ふ》に落ちない、という様子のウジノブ。

けんかっ早くはあるが愚か者ではない。

価値観が違うだけで王族にはふさわしかったとウジノブは言っていた。

その性格がまるで豹変《ひょうへん》したその原因。

それが一体どこにあったのか。

ストレートに尋ねて答えてくれるのか。

継承権争いで街ひとつ滅ぼすのも辞さないのだから、覚悟は決まっているはず。素直に答えるとは思えない。

まずは内乱が起きた街に行ってみるのがはやいだろう。

「では、カマガタニに行ってみるのがよいでしょうか」

「うん。私はそう思うよ」

「ではそういたしましょう」

「分かった。では明日出発としよう。今夜はゆっくり旅の疲れをいやしてほしい」

「お気遣い感謝いたします」

「いやいや。私たちの国のために動いてもらうんだ。万全で事に臨んでもらうためだからね」

ウジノブは部屋を出て行った。

最後の国、トウの国での活動が、いよいよ明日、本格的に始まる。

◇◆◇◆◇◆◇◆

「ふうむ、ままなりませんね」

ルミナスは思わずごちた。

緻密に組んだ作戦。

あえて雑に組んだ作戦。

策などなく任務を授けた者の才覚に任せた作戦。

それぞれを散りばめてばら撒《ま》いた。

すべてが本命で、すべてが囮《おとり》。

どれかがハマれば良かった。どれが防がれてもいいように戦略を立てた。

アルティアはシェイドの管理地なので、防がれる作戦が七から八。成功する作戦は二から三。

シェイドにとってより都合が悪いものを優先的に潰したのだと思われる。

複数に手を伸ばしているから、一つ一つの隠蔽《いんぺい》が甘くなるのは承知の上だ。

一箇所に注力すればシェイド相手でも隠し通せる自信はあるが、行動範囲は狭くなるし、及ばせる影響力も格段に下がる。

侵略する側としてそれを嫌ったルミナスは同時多発的に事を進める選択をした。

「すべて想定通りでしたが……」

ルミナスとシェイドは対《つい》となる存在。すべての才能は同格だ。

よってルミナスが思いつく策ならシェイドは看破するし、シェイドの思惑はルミナスも理解している。

成功した作戦も失敗した作戦も、ルミナスとシェイド、それぞれの想定通りの結果が出続けている。

ルミナスの作戦が成功したというのは、間違いなくシェイドにとってダメージだ。

しかしルミナスも、作戦を実行するにあたり当然リソースは注いでいる。

成功しても失敗しても、費やしたリソースは返ってはこない。

その分はダメージである、という見方をするなら、その通りであった。

お互い様といえばお互い様なのだ。

シェイドが異世界人を召喚するのも想定通り。

「想定外だったのは、彼らの働き……」

きっとシェイドにとっては、異世界人たちの活躍は想定以上、期待以上だったのではなかろうか。

期待できない相手に、精霊王との契約なんて許すはずがないからだ。

だからこその、想定外。

アルティアに仕掛けた細工をいくつも取り除かれた。

例えばシカトリス皇国。

例えばクエルタ聖教国。

防がれることも想定していた。

想定内であることと、ノーダメージであることはイコールではない。

特にこちらの二つはなかなか手痛いダメージだ。

「そして、精霊魔術師が三人も増えました」

その手は打たれたくなかった。

一人か二人は失敗するかと思っていたが、三人とも成功した。

成果は言うまでもない。

たった三人で、召喚術師の少年の力を借りることなく、アンテを撃退するほどにまでレベルアップしていた。

アンテが帰還できて何よりだった。

後残っているのは、些細《ささい》な、潰されるかどうかも分からない小細工が大半だ。

大きなものでいえば、人の想いをゆっくりと少しずつ増幅させ、最終的に暴走させる銅像か。

もっともこれは、もうひとつの大きな仕掛けも用意してあるのだが。

シェイドが異世界人を召喚したのをトリガーにして計画を加速させ、現時点からおおよそ一年後には作戦を決行できるよう前倒しした。

短縮できるのならもっと早くやれば良かったじゃないか。

「……ふふ」

そう問いかけてくる内なる自分を笑う。

シェイド相手に簡単に事を運べるわけがないと。

相手から時間を奪うということは自分の時間も無くなることを意味している。

己に与えられる時間を失うのと引き換えに、シェイドから時間を奪うことを選んだに過ぎない。

自分から仕掛けた分マシであると思っている。

シェイドのことだから、こうしたことも織り込み済みではあるだろうけれど。

これまでかけた時間、要した手間を考えれば。

もはや決戦までは秒読み。

◇◆◇◆◇◆◇◆

ルミナスがそのようなことをつぶやいているのとちょうど同時刻。

シェイドもまた、アルガティと話をしていた。

「彼らは島国だったね？　確か、彼らの祖国に似ているとかいう」

「偶然ではございますが、運が良いかと」

「そうだね。彼らは持っている……と思うよ」

まさかトウの国に行くとは思わなかったシェイド。実に運がいい。

「塞がるはずだった君の手が空くね」

「はい。これで別の仕事をより早めることができます」

「うん、重畳《ちょうじょう》だ。彼らにはユグドラシルを手伝ってもらうとしよう」

「そのように」

「現地での細かい差配は君たちに任せるよ」

「承知いたしました。では、御前失礼いたします」

アルガティが出て行った。

「どうやら、ツキはこちらにあるようだよ、ルミナス……」

シェイドはふっと笑う。

さて、あの島ではルミナスが仕掛けた大掛かりなものがそろそろ動く。

シェイドが気付いた時には、すでに根本的な除去ができない状態にまでなっていた。

調査の結果、かなり大掛かりなものだった。

それだけ大きい規模ならばすぐに見つかるはずなのに今まで放置するかたちになってしまったのは、先般記述した通りシェイドとルミナスの能力はすべてが互角だからだ。

ルミナスが潰されたくなかったあれやこれやを潰した実績がシェイドにはあるし、シェイドとしては潰したかったあれやこれやを潰させなかった実績がルミナスにもあるというだけのこと。

潰したかったけれど潰せなかったうちのひとつがトウの国にあるのだ。

ここまで隠れ続けられたのは、大掛かりな仕掛けに対して、ルミナスの警戒度合いが薄かったからだ。

シェイドも無意識に優先順位を下げたものが、実は本命のひとつだった。

まあこれについては痛み分けだろう。

ルミナスにとっての肝いりの計画を、シェイドが寡兵《かへい》で潰したことであるし。

今後の予定としてはユグドラシルに加えてアルガティで対処する予定だった。

他の案件をいくつか処理していたアルガティを回すのは小さくない損失だったが、それを飲んででも対処すべきだと考えていた。

しかしここで、召喚術師である太一一行がトウの国に向かったというではないか。

ならば、代役を太一たちに任せることで、アルガティを遊撃として自由に采配できる。

「頼んだよ」

これは、シェイドの心からの言葉。

彼らに、託すことにした。

◇◆◇◆◇◆◇◆

「これは……」

「うん……」

朝食は懐かしいものだった。

茶碗に入ったご飯。

みそ汁らしきもの。

お漬物。

川魚の焼き。

見た目は間違いなく日本食。

ご飯がやや茶色っぽかったり、みそ汁らしきスープがやや赤く澄んでいたりするが。

まあそこは世界の違いであろう。

ちなみに昨晩は立食パーティは行われなかったものの、豪勢な食事が用意され、内々で歓迎会が行われた。

その時に出された食事はエリステイン魔法王国でも見慣れたフルコースだったので、太一も凛もちょっと肩透かしを食らったのだ。

よくよく考えれば、エリステインが支援して立ち直った国だ。

輸入先としてもっとも大きいのは当然エリステイン魔法王国である。

料理や文化もエリステイン魔法王国が多数持ち込んだはずで、それによって生活が豊かになったのだ。

その原因となったものが広く浸透していてもまったくおかしくはない。

「どうかしたかな？」

朝食の膳を見て感動していた太一と凛を、ウジノブが不思議に思う。

「ああ、えっと……俺たちが元いた国で一般的だった食事と同じものなので……」

「懐かしくて、思わず」

「なるほど」

ウジノブはひとつうなずいた。

郷愁感。

それが太一と凛の感動の理由。

とはいえ、そういった感情を見せられて悪い気はしない。

自分の国の食事を褒められれば大体の人間が嬉しく思うだろう。

「我が国の伝統的な食事だ。見た目は質素かもしれないが、厳選した素材をうちの料理長が調理したものさ」

どこに出しても恥ずかしくない膳であると、ウジノブは胸を張った。

ナイフ、フォーク、スプーンが当然のように添えられている。

それはこの国の伝統に触れてこなかった者でも問題なく食べられるようにという配慮だろう。

何でそんなことを言うのか。

お膳には、箸が用意されていたからだ。

「ではいただきましょう」

「うむ……素材の味が良く生きている」

「ええ。濃い味ではないのに、口に広がる芳醇《ほうじゅん》さは素晴らしいものです」

レミーアとシャルロットが感嘆する。

見た目が質素というのはウジノブの言う通り。

エリステインの王城で出される朝食と比べても華やかさには欠ける。

でも、ごちそうとは豪華絢爛《けんらん》でなければならない、というわけではないのだ。

箸を手に。

凛はまずみそ汁？　を。

太一はご飯を食べた。

「ん……」

味噌の味はしない。

でも、優しい、出汁《だし》が効いた味だ。

味噌のパンチは無いが、昆布とかつお節に似た旨味《うまみ》がよく溶け込んでいておいしい。

ご飯もまた、日本で食べるものとはちょっと違う。

出汁《だし》と塩で味付けされているのだろうか。
海の味がする。
わかめご飯のような。
完全に同じではない。
でも、でもだ。
異世界で、お茶碗でご飯を、汁椀《しるわん》で汁を、箸で食べる。
太一は凛を見る。
凛も太一を見ていた。
二人とも、懐かしさを感じていた。
これで色、味まで同じだったら泣いていたかもしれない。
ミューラやレミーアは、その反応で完全に同じではなかったと理解した。
そしてそれはウジノブも同様に。
「どうやら、完全に同じではなかったようだね」
決して責めたり、落胆したりといった様子はない。
異国どころか異世界だ。
むしろこれだけ似ていたことに、驚いたくらいだ。
「ええ、でもかなり似ていましたよ」

言葉よりも、そう伝えた太一の表情が何よりも物語っていた。

「そうか。味も気に入ってもらえたようで何よりだよ」

似ている。

この異世界でそれがどれだけ贅沢なのか。

その程度のことは理解しているつもりだ。

準日本食にありつけただけありがたいというもの。

逆に、日本でポピュラーとされる洋食に似ている料理はこの世界で普通に食べることができていた。

それもまた、日本への郷愁を幾分かは和らげていたのだろう。

思った以上の感情があふれなくてよかった。太一と凛はそう思っていた。

箸でおかずやご飯を口に入れるたびに口に広がる味は、二人が知っている和食そのものではないが、その優しさは和食によく似ていた。

普段なら朝食で何か思うことは無い。

期待していなかったわけじゃない。

日本に似ているのだから、少しだけ期待していたら、期待以上のものが出てきた、という話。

これ以上似ていたら、太一も凛も、これ以上の感情があふれてしまっていたに違いないから。

◇◆◇◆◇◆◇◆

「では参ろうか」

シャルロットを中心とするエリステイン魔法王国一行、そしてウジノブ一行を中心とした馬車団が出発した。

馬車二台にその護衛の騎兵が二〇騎。

王族と他国の王族の視察と考えたら、見栄という面でも実用でも必要最低限。

本来ならもっと多くてもいい。

しかし、そこは太一たちの存在がものを言った。

太一ひとりいれば、一人も一〇〇〇人も変わらない。

太一が戦うところはまだ披露していないが、実力を見せたミューラとシャルロットがお墨付きを与えたことで、この護衛数になったわけだ。

ウジノブとしても、動員する兵の数が少ないに越したことはなかった。

兵士はいるだけで金がかかるし、動かせばもっと金がかかる。

その分を、シャルロットが連れて来た冒険者が賄ってくれるのならば文句はない。

カマガタニまではそんなに遠くはない。

「大体二時間ほどで到着の予定です」

シャルロットたちの馬車に同乗した世話役の兵が疑問に答えた。

思ったより近いなと感じたが、そういえば島だったと思い返した。

そんなに大きな島ではない。

エリステイン魔法王国の調査によれば、人口は島全体で一〇万にも満たず、上振れして八万人程度だろうとのことだ。

その辺の情報は、船旅の中で基本情報として聞いていた。

大国の調査だけあって確度は高い、とレミーアのお墨付きだ。

二時間は日本でならなかなか長い時間だが、この世界の旅として考えれば極めて短い所要時間だ。

馬は地球のものよりも精強であるので平均速度は速いし休憩頻度も少ないが、それでも自動車や快速電車、新幹線などには及ばない。

「ん……？」

最初に気付いたのは太一だった。

「誰かがこっちに高速で近づいてる」

それを聞いた兵士が戦闘待機状態に入るのはさすがだ。

「警戒！」

騎兵隊が戦闘態勢に入る。

「一人。馬かなこれは」

この世界でなら、馬の速度で走ることができる人間は珍しいがいなくはない。

例えば精霊魔術師になる前の凛やミューラでも、高速道路を走る自動車と同じくらいのスピードで走ることができた。

騎士でも、全速力を出せば馬より速く走れる者もそれなりにいるだろう。

しかし太一が感知した存在は、馬の全速力からすると幾分ペースが落ちるが、その代わりずっと同じペースで走り続けている。

さすがにこの速度でマラソンをするのは、人間にはつらいものがある。

だからこそ今も主な移動手段として馬が広く普及しているのだ。

「全隊、停止！」

馬車が停車し、併せて騎兵隊がすばやく陣形を形成する。

そのまま待つこと少し。

道の先から蹄《ひづめ》が土を蹴り上げる音が聞こえてきた。

ドカカ、ドカカ、と走ってくるのは、こちらにいる兵士と同じ鎧《よろい》を着込んだ兵士。

鎧の意匠から判断するに下級兵士だ。

その表情が尋常ではない。

「そこの兵士、止まれ！」

制止の声をかけられ。

その兵士は自分より階級が上の者に出会えたことで明らかに安堵《あんど》していた。

「ほっ、報告申し上げます！」

馬から転げ落ちるように降りると、まっすぐに上官の元にやってきて敬礼した。

「待て。まずは呼吸を整えよ。そのままでは聞き取りづらい」

「はっ！」

上官からの命令を受け、馬を疾駆させていた下級兵士は肩を弾ませながら息を整えるために深呼吸。

「お待たせしました。もう大丈夫です」

「うむ、では改めて聞こう」

「はっ。カマガタニにおいて巨大な霊障《れいしょう》が発生！　街が元通りになっております！」

「どういうことだ？」

「こ、これは殿下……気付かずに失礼を……」

突然の王族の登場に、跪《ひざまず》こうとした兵士を押しとどめるウジノブ。

今はそれよりも大事なことがあった。

「私への礼は略してよい。それより、もっと詳しく話すように」

「承知いたしました。霊障が発生し、駐留している兵は急ぎ巡回を取りやめ、街の外に退避いたしました。その後街の様子を慎重に確認したところ、かつての繁栄を取り戻しておりました」

「ほう……？」

カマガタニは戦の影響で半壊し、住民にも多数の犠牲者が出た。

生き残った者は全員が政府の主導によって別の街に避難しており、一般人はいない。

派遣された軍人と政府関係者が、魔物やならず者が居つかないように警備をしつつ、復興に向けた調査を行っていた。

「霊障か……」

ウジノブは難しい顔をした。

想定していなかった。

まさかそんなことになるとは。

「それは、ぜひにでも確認しないといけませんね」

いつの間にか馬車を降りていたシャルロットが、ウジノブの背中に話しかける。

「その通りだよ。いや、よくやってくれた」

ウジノブはここまで飛ばしてきた兵士の肩を叩いて労《ねぎら》う。

「隊長、彼と馬を労ってやりなさい。我々も少し休むとしよう」

「はっ！」

最初にこの兵士とやりとりを始めた護衛隊隊長に命じる。

ここまで休みなく飛ばしてやってきたのだろう。

蹄《ひづめ》が蹴り上げた土で体は汚れ、汗にまみれていた。

馬も激しく息をしている。

ちょうど道のりは半分ほど。こちらも小休止をしてもいいだろう。

隊長に命じられた兵士たちが動き、馬の世話をしてやったり、兵士に水や汗を拭く布を渡したりしている。

「ちなみに王太子殿下、霊障については何かご存じですか？」

「過去にはあったみたいだね。その時はとある貴族の屋敷で起きたようだよ」

「なるほど。詳細は？」

「霊がいた、ということしか教わらなかったな。手にした書物にもそれしか書かれていなかったよ」

ウジノブはため息をついた。

「事例も極めて少なかったらしくて、端折《はしょ》られたんだよね」

詳細を後世に残す。

そういった判断がされたわけではなかったようだ。

王宮の歴史書には概要さえも記載されなかったとのこと。

「では、やはり現地に行くしかないということですね」

「そうなんだ。詳しく知れていればよかったんだけど」

「仕方ありません。もう少し文献を探せば見つかるかもしれませんが……」

「さすがに、そういう希少事例まで事細かに覚える暇は無いからね」

「よく分かります」

王族ならではの理解と言えるだろう。

シャルロットも王族として多くの学びを必要とする身。

だからこそ、その言葉の意味はよく理解していた。

「実際に見るしかないわけだ」

「ええ、そういうことでしょう」

シャルロットとウジノブは道の先を見つめた。

変わらぬ青空。

さすがにまだ距離があるので、目視で変化が捉えられるわけではない。

しかし、不穏な空気が、揺らいで見えるかのようだった。

◇◆◇◆◇◆◇◆

「なるほど、こいつは……」

それを一目見た太一の第一声がそれだった。

シャルロットとウジノブの話は聞こえていた。

後継者争いに端を発した戦が起きて、カマガタニという街が滅んでしまった。

激しい戦いの傷跡が残る街は半壊しており、現在都市としての機能を失っている。

政府が主導して住民を全員避難させたため現在は警備の軍隊と調査員――政府関係者のみが駐留していて一般人は誰もいない。

なので平常時のような活気は見る影もないはず、なのだが……。

「妙なところがない、ね？」

「ええ、普通通りだわ」

「おかしくないことがおかしい、というやつだな」

街の外に、臨時で構築したとみられる駐留基地があり。

そこから見るカマガタニは、明らかにいつも通りの営みが行われていた。

何か感じるかと目を凝らしてみるが、魔力の歪《ゆが》みといった異常も見受けられない。

霊障、ということで明らかな超常現象を想像していた。

確かに超常現象なのは間違いない。

でも。

だからこそすさまじい違和感だった。

「まだ復興作業は始めていないな？」

「はっ。全体の被害の検証が終わりましたので、報告書を作成している段階でございます」

その報告書が当局に届けられ、検討されたのちに復興計画が策定される手はずだった。

ゆえに、こうしてきれいな街の姿はありえない。

「ゴーストか何かか？」

「さあ。あたしは違う気がするけど」

魔物としてのゴーストは、ここまではっきりと元になった生物の姿をとることはない。

太一が思い出したのは、ガルゲン帝国の古城で出会った亡霊領主。

彼は霊だったが、魔物としてのゴーストではなかった。

はっきりと人の姿をしていたからだ。

アンデッドの巣窟というシチュエーションに加えて安全地帯でやっと休める、というところに現れたこともあって、当時の凛は気絶してしまった。

でも今は平気そうだ。

遠くから見てるのと、人の姿であること。

そしてはっきりと表情が見えるからだろう。

「本当に人みたいだね」

凛は街を闊歩《かっぽ》する人々を見て言う。

笑顔で道端会議。

真剣に値切る客と、かなわないと困った顔する露店の店主。

怒鳴る大工の親方と、工具箱をぶちまけてどやされ、慌てて片付ける弟子の少年。

「どこでも見る街の光景だな」

アズパイアでも見かけたものだ。

滅んだはずの街にはありえない光景。

「魔力は？」

「感じないわ」

「術式の残滓《ざんし》も見つからないね」

「魔術でないことはやはり確定だな」

目で見た限りではそんなところである。

次は肌で感じる段階だろうか。

「やはり、入ってみるのがはやいだろうな」

「同感です」

「そして、それができるのは……」

「俺たちだな」

そう。

でなければここに来た意味がない。

力ずくでの解決を任されている。

そこにはこうした身体を張ったことも含まれるだろう。

見ているだけでは埒《らち》があかないのは、観察を始めて少ししてすぐに分かった。

「いいかな？」

シャルロットとウジノブがやってきた。

「シャルロット王女殿下と話をして、やはり一度街に入って調査する必要がある、と結論づけたんだ」

「やはり、外から見ていても分かりませんからね」

「そう。それで、シャルロット王女殿下からは君たちを推挙されてね」

そうなるだろうとは思っていた。

望むところである。

ここでのんびりしていても何も進展はすまい。

「して、状況はどうだ？」

ジルマール相手にも特別へりくだったりはしないレミーアが、ウジノブに問いかけた。

レミーアがジルマール相手に無礼な態度をとっても許されるのは過去に築いた関係性があるからだ。

さすがに他の三大大国の王相手にはこんな態度はとらない。

しかし、三大大国の王に及ばぬくらいのただの王族相手ならば、誰が相手でも終始こんな感じである。

この態度は、ウジノブの方が先に問題なしとしたので、それ以降何も言われていない。

レミーアほどの魔術師ともなれば、それくらいのことは許されるだけの実績と格がある、ということでもあるが。

「まず分かっていることを伝えよう」

街の中に入っても即座に異常は出ないと思われ、最低でも三〇分は平気であろうこと。

「異変が起きてからは速やかに街の外に全員退避したそうだ。けれど、異変が確認されて、退避命令が即座に出されたわけでも、そこから全員が一瞬で街の外に出たわけでもない」

集団行動をしているのだから当たり前である。

カマガタニは地方都市で、当然エドよりは小さい街だが、だからって狭いわけではない。

　街の中に広がった兵士や調査員が全員退避するまでには物理的に時間がかかったというわけだ。

　駐留部隊も少数ではなく、こうして見ると結構な人数がいる。

　たった三〇分でよく退避を完了させた、と褒めてもいいくらいだ。

「ほとんどの者が異変に巻き込まれたけど、その後体調不良や、精神に変調をきたした者は存在しないということだよ」

　以上が三〇分の根拠のようだ。

　続いて、推定霊体は、こちらから話しかけると反応すること。

「話しかけると、こちらを向いて応答するような反応を示す。笑顔だったり怒っていたり悲しんでいたり。顔には感情が表れていると聞いているよ」

　ただし、意思疎通は不可能だそうだ。

　彼らは目の前に人がいることは分かっているようだが、こちらの言っていることまでは理解してなさそうだと。

「その理由は？」

「話しかける直前にしていたことと同じ感情を見せてくるだけなのだそうだ」

「ふむ……」

レミーアはそれ以上の追及をやめた。

ウジノブもそこまでピンと来ているわけではなさそうだったからだ。

いや、自分で言っていることを理解していないわけではない。

この王子はそんな愚鈍な男ではない。

ただ、実感がないために何となくふわっとしがちだという話。

むしろそんな状態でありながらここまで言葉に説得力を持たせることができるだけ、さすがは第一王子というところだろう。

「これ以上は、実際に見てみないと分からない、か」

「私はなかなか、気楽に直接見るのを許される立場ではないんだ。面倒なことにね」

肩をすくめて苦笑い。

第一王子なのだから当然ではある。

「それは仕方なかろう」

「分かってはいるんだけどね」

平民では比較にならないくらい、世の中を思い通りにできる力がある。それが第一王子というものだ。

一方、その生まれと立場はウジノブをがんじがらめにしている。

この国で誰よりも自由を謳歌《おうか》している一人であり、誰よりも不自由を味わっている一人ということ。

「すでに王城には早馬を飛ばしている。霊障ということで、専門家の派遣を要請したよ」

「なるほど、私たちはあくまでも魔術師だからな」

知見が無いとは言わないし、まったく役にも立たない、ともいうつもりはない。

実際に現地に踏み込んで、見て聞いて肌で感じたことというのは、素人であっても役に立つものだ。

レミーアも、魔術の専門家でない者の意見が役に立ったという経験を幾度かしている。

でも、専門家がいるなら詳しいことはそちらに任せようと思うのは当然の話。

今からの往復なら、まあはやくて三刻、遅くとも半日後くらいだろうか。

それまでぼんやりしている理由はない。

「さて」

やはり情報は足で稼ぐのが一番だ。

レミーアの調査や研鑽《けんさん》は書物がメイン。それは否定はしない。

しかしその書物も、何の努力もせずに好きなだけ読めるわけではない。

目的とする書物を手に入れるための伝手《つて》、そして一般には公開されていない特別な書庫の閲覧許可。

そういったものを手に入れるにはやはり相応の努力その他もろもろが必要だ。

そのためには足で稼ぐというのも当然ながら手段に含まれており。

それがいまである、ということ。

「では、行くとしよう」

レミーアが言った相手は、もちろん太一、凛、ミューラである。

まさにこういう時のために、この国に来たのだから。

第百話　カマガタニの領主

さて。
なるほどこれは違和感しかないのも納得だ、と太一は左右を見渡してみてそう思った。
天気は晴れ。
雲は少なく、日差しは暖かい。穏やかな気候だ。
街は綺麗《きれい》なもので、人々の動きも実に活発で賑やかである。
顔色もよく、生きている人と見分けがつかない。
「確かに、アズパイアとそんなに変わらないわ」
ミューラが言う。
普段拠点にしているアズパイアとか。
旅をしていて新たな街に寄った時とか。
パッと見た感じだけなら抱く印象はほぼ変わらない。
ほぼ、と書いたのは、間違いなく違うところがあったからだ。
「音が無いな」

この光景だけを見たら間違いなく騒がしいくらいに賑やかなはずなのに、全くの無音。

少し離れたところで喋《しゃべ》っている男たち。

げらげらと笑っているのに、声が一切聞こえない。

太一たちがいるのはカマガタニの街の中。

ちらりと様子を見る。

凛は平気そうだ。

ガルゲン帝国のレングストラット城でガチものの幽霊に出会った時は気を失ってしまったけれど、見ている限り幽霊に思えないような相手なら、凛が怖がる対象から外れるみたいだ。

怖がっているところを見るような趣味は無いので、凛が平気でいられるのであれば何よりだ。

「話しかけると一応反応するんだっけ？」

凛ほど怖がらないだけで、太一だって全く平気かというとそういうわけじゃない。

でも、この様子なら怖がる理由はほとんど無い。

何より、対抗手段があることだし。

「やあ」

片手をあげて近場の露天商に近づいていく。

露天商の若い男は顔をあげて人懐っこい笑顔で太一を迎える。

ここは串焼きの露店だろうか。

焼かれている串を動かしながら太一に何かを喋《しゃべ》っているが、声を発しているわけじゃないので当然訴えも聞こえない。

太一が無反応なのに露天商は気にせず喋り、串を差し出してくる。

差し出されたものの、何があるか分からないのでとりあえず無視。

すると串がふっと消え、露天商の男は最後に何かを言って手元に視線を戻す。

差し出されたはずの串はいつの間にか網の上に戻っていた。

「……うーむ」

太一は一通りの観察を終えて凛たちの元に戻った。

「どうだった？」

「一応反応してこっちを向くんだけど、目線は合わなかったな」

「どういうこと？」

「つまりお前を見ていなかったということか」

「そうそう、俺の反応とか関係ないって感じだな」

「まるで生きているように見えるが、生者とは違うわけね」

今のところ危機感を覚えるほどではない。

しかし間違いなく異常だと分かる。

むしろ、こんなことがあってたまるか、と言いたくなる。

「こうなると、ちょっと恐怖を感じないのが逆に怖いわね」

敵意を持って襲ってくるゴーストのモンスター。

人の恐怖をあおって、時に黄泉《よみ》の世界に連れて行かんとする幽霊。

どちらも程度の差はあれど、恐ろしいものである、というのは間違いない。

対抗手段を持っていることを差し引いても、まったく怖くないというのはおかしい。

例えば太一は強いが、魔力での強化やシルフィらの力を借りていなければただの人間と変わらない。

それは凛たちも同様である。

戦闘状態に入っていなかったら、肉体強度などは普通の人間と同じ。

だから、無意識であっても「ここは危険だから気を抜いてはいけない」と身体が構えていてもおかしくはないのだが。

「ふむ、しかし、私の勘はここに危険が無いと言っている」

それは戦いの場に立ち続けてきた者だけが持つ、危険の臭いを感じ取る直感。

首の後ろがチリチリするとか、命を賭《と》した戦いの時に覚える特別なもの。

ミューラもレミーアも。

太一も凛も。

踏んできた場数はかなりのものである。

当然ながら全員殺気に気付いたり、気配を感じ取ったりすることもできるようになっている。

むしろ戦いに次ぐ戦いを潜り抜けてきて、そういうのには敏感になっていると言えるだろう。

そんな戦士が四人雁首《がんくび》揃《そろ》えて、誰もそういったものを覚えない。

この異常な状況において平和である。

それこそがおかしいのだ。

「もう少し街を回ってみようか」

この分だと、闇雲に歩き回っても変化は見られそうにない。

けれど、だからといってやらない理由はない。

考え方を変えれば、何もなかった、という調査結果もまた成果だからだ。

このカマガタニの街は、中心に領主の屋敷が鎮座している。

城というよりは屋敷だが、見る限り街のどの建物よりも立派だ。

四人でひとまずは街の中ほどを一周している環状道路を歩いてみようと出発。

それなりに広いので、強化を施して時間を短縮しつつ。

それでも二時間はかかった。

半分くらい回ったところで「これ以上は収穫なさそうだ」という予想もついた。

でも念のために一周回ってみたのだが、予想通り何もなかったのである。

「うーん、やっぱり何もなかったな」

「あっちへ行ってみるのがいいかしらね」

ミューラは領主の屋敷に行ってみるべきだ、と訴える。

異論はない。

街の中心部をぐるっと回る大通りには何もなかった。

「私なら、こんな目立つところには仕掛けんよ」

「同感です」

「あえて仕掛ける、ってのはないか？」

「ありうる。しかしその場合でも、それだけを本命にはせんな」

「それもそうか」

納得である。

太一が大通り側に仕掛けるのだとしたら、なるべくド派手にする。

人の目をひくように。

放っておくことはできないように。

そして本命をもうひとつ隠すように配置する。

囮《おとり》だから、と無視できないように。

他にも色々と気にすべきところはあるものの、ひとまず横に置いておくことにして。

「では行くぞ」

レミーアが歩き出したので、それについていく。

もう少し会話を広げることもできたが、あんまり重要ではないので太一もそれ以上何も言わなかった。

どんどんと屋敷が近づいてくる。

正面の門が見えてきた。

そこで。

誰かが制止したわけでもなく、四人が全員、ほぼ同じタイミングで足を止めた。

「ねえ、ミューラ」

「ええ。これ以上は……」

これ以上は行きたくない。

行かなきゃいけないのは分かっているし行くつもりもあったのだが、むやみにこれ以上足を進めるのは良くないと冒険者の勘が言っている。

この冒険者の勘が、本当にバカにならない。

「そうだな。無防備には進めぬな」

「魔力も感じないしな」

四人でうなずき合い、いったん全員で距離をとる。

何があるか分からない。

何も起きなければそれでもいい。

しかし、冒険者は命を対価に報酬を得る仕事。

過剰なくらい臆病でちょうどいいのだ。

もちろんビビりすぎも問題だし、時には勇敢さも必要とされるが、冒険者たちは基本的には命大事に、で動いている。

誰も助けてくれないが、その分報酬は普通に働くよりも割がいい。

「どうする？」

なんだか嫌な予感がした。

それだけなのだ。

何か侵入を拒む結界があったとか、罠《わな》を発見したとか、そういったものではない。

だから、何で嫌だと思ったのかをこれから明かさなきゃならない。

太一がそう問いかけたのに対し、凛は足元の小石を拾うと。

「これでも投げてみる？」

シンプルだがいい案だ。

まずは物体を放ってみて、何か変化が起きるかを試すのだ。

「いいんじゃない？」

ミューラに言われてうなずき、凛は小石をひょいと放った。

放物線を描いて、小石はかつんと地面に落ちた。

何かに遮《さえぎ》られたり、罠《わな》によって攻撃されるといったことはない。

ただの小石では問題なし。

「魔術はどうか」

レミーアはおもむろに右手をかざし、小さな火球を生み出した。

攻撃の意志があると防御機能が作動する、という可能性もある。

小さな火の玉はふわりと宙を飛んでいき、しばらくして魔力が減衰して消えた。

途中でかき消えるということもなかった。

「ふむ、魔術に対して何か起きるわけでもない、と」

「じゃあ、踏み込んでみるしかないかあ？」

危険なのは変わらない。

魔力を感じるわけじゃないのだ。

太一たち全員が持つ武器である、魔力感知が使えない。

よって立ち止まった理由をはっきりとは説明できない。

であるなら、色々と試してみるしかない。

物理的、魔術的に反応がないなら、肉体的ならばどうだろうか。

「ここは俺だな」

名乗り出たのはシンプルな理由。

防御力がもっとも高いからだ。

技量はともかく、パワーで押し切るという意味では太一が一番である。

先ほど立ち止まった地点。

その数歩手前まで足を進めてからノーミードに出てきてもらう。

『ふうん？　これ以上は行きたくなかった、と』

「そうなんだよ」

『なるほどね』

ミィは地面の様子を探って。

『怪しいのは分かる』

「マジ？」

『マジ。でも、本当に地面に異常は見られないんだ』

「そっか。シルフィはどうだ？」

『……なんか妙な空気なのは分かるけど、それが異常かっていうとそうじゃなさそうかな』

「うーん」

シルフィもミィも、気持ちは分かるけど地面にも空気にも異常は感じられない、と言った。

となるともう、後は自分の身体で罠《わな》を踏みつぶしていく、いわゆる漢解除が一番手っ取り早そうだ。

ここまできて出し惜しみして怪我《けが》をするのはあほらしい。

ウンディーネ、サラマンダーも召喚して、盤石の状態を整える。

「じゃあ、これから踏み込んでみる。何かあったら全力で防いだり逃げたりするから、助けてくれ」

『それしかなさそうですね』

『おう、そっちは任せとけ』

頼もしい四柱たち。

彼女たちがいるからこそ、太一は無茶にも恐れず踏み込んでいける。

一歩ずつ踏み出していく。

先ほど立ち止まった地点。

明確にここだ、と特徴を覚えていたわけではないけれど、その辺は感覚が鋭敏だったからだろう。

そこを踏み越えようとしたところで。

『そこまで気合を入れる必要はないよ』

「っ!?」

ぴたと足を止める。

周囲を見渡す。

シルフィの気配探知でも、この辺りに声を発するような生者の姿はない。

とすると、そうではない者が発したもの、ということになる。

『正面の屋敷にいるよ。今結界の効力を弱めたから、歓待……はできないけれど歓迎する』

四人の正面にあるのは領主の屋敷。

ぱっと見た感じ武家屋敷のようだ。

ここもやはり日本に似ている。

それはさておき。

今の声は武家屋敷かららしい。

しかし拡声器などで広く発信しているとかではない。

どちらかというと、近くにいて、普通に話している感じだ。

大丈夫らしい、と目線で四柱に確認する。

彼女たちがうなずいたのを見て、具現化を解除した。

エレメンタルから見ても、とりあえずは問題なさそうだ。

「先ほどまで感じていた忌避感《きひかん》が一気に薄れたな」

「ええ。進んでも大丈夫だと感じてます」

「まるで嘘みたい」

そうなのだ。

人払いの結界とでもいえばいいのか、先に進ませまいとするような、そういったものがほぼ霧散していた。

「じゃあ、行ってみるか」

ここで立ち止まっていても何も変わらない。

四人はうなずくと進んでいく。

まずは太一から。

一歩、さっきは止めた足を今度は止まらずに踏み出す。

「うん、何も起きない」

「なら平気だね」

太一に凛が続いた。

先ほどの声に敵意を感じなかったので大丈夫だと思っていたが、実際に何も起きないならばもうためらう理由はない。

四人で止まることなくどんどんと進んでいく。

距離感に何か細工がされていることもなく、歩いていけばすぐに館までたどり着くことができた。

開け放たれている正面玄関から中に入る。

中も想像していたような武家屋敷だった。

玄関から先、襖《ふすま》が開けられている。

あたかもここを進んだらいい、と言わんばかりに。

左右にも歩けるように縁側が延びているのだが、どうもそっちじゃない、という感覚がする。

別に塞がれているわけじゃない。

延びている先は明るくて庭につながっている。

なんてことのないつくり。

だのに、そっちじゃないのだ。

「まっすぐね」

「まっすぐよな」

「まっすぐだよな」

「まっすぐだね」

感覚は四人とも一致した。

それならばと全員でずんずんと進んでいく。

土足で上がり込むのには抵抗があった太一と凛だったが、ミューラとレミーアは気にせず土足だった。

努めて気にしないようにして上がり込む日本人組ふたり。

特に無限ループなどはなく、三つほどの間《ま》を抜けたところに、その人たちはいた。

いや、人なのか？

人に見えるが、人でないことが分かる。

ひとりは青年。年の頃は太一と凛よりは少し上といったところか。大学生か、社会人なりたてか。

もうひとりは女性。こちらは女子高生か大学生かという年の頃に見える。

「よくぞいらっしゃった。僕はこの街の領主、タカミツ　コウノスケだ。こちらは妻の――」

「モリヒメと申します」

コウノスケは身長はレミーアほどの美青年。がっちりというよりはほっそりという感じだ。

モリヒメはこの場の誰よりも低く、貞淑さを感じさせる美女だった。

モリヒメは深々とあいさつし、コウノスケの三歩後ろに下がった。

夫となる男を立てる、という意思表示であろう。

「ご丁寧なあいさつ痛み入る。私たちはエリステイン魔法王国第二王女、シャルロット王女の使いの冒険者だ。我々の行動は王太子ウジノブ殿下が保証している」

「おお、ウジノブ兄上の……。そして、シャルロット王女殿下もとは、ずいぶんなことになっているようだ」

あからさまに驚いてみせるコウノスケ。

「分かっているのだろう？　私たちがここに来た意味を」

「ふふ、バレてしまったか」

「お前であれば、隠すのならもっと上手に隠したはずだ。なあ、トウの国の麒麟児《きりんじ》よ」

「ははっ。そんな風に呼ばれるのはいささか恥ずかしいものがあるね」

その声色にいくばくかの自嘲が混じっていたのを、四人は見逃さなかった。

「カマガタニはクラノシン兄上の軍の侵攻を受けて滅んだんだ。自分の領地を守れなかったのに麒麟児だなんて、過ぎた評価だよ」

でも、とコウノスケは続ける。

「このお座敷までクラノシン兄上が近衛兵とともにやってきて、少しの問答の末、僕もモリヒメも一刀で斬り殺された」

コウノスケが左肩から右腰まで指でなぞる。袈裟懸《けさが》けにバッサリということ。

「なのに今こうして話している。この国に僕みたいな霊がいた記録も無いし」

不思議だよねぇ、と緩い感じのコウノスケ。

殺された記憶があるのにのんきなものだ。

それは後ろのモリヒメも同様だ。

いや、それはむしろ……。

「殺された恐怖はあるんじゃないです？」

凛が問いかける。

コウノスケとモリヒメがぴたりと動きを止めた。

貴族である以上は、腹芸はお手の物である、というのが凛の認識である。

もちろん上手い下手もあれば、そもそもそれができないような感情的な貴族もいる。

しかし、上手い下手はともかく、感情的な貴族はごく一部であることももう分かっている。

なのでコウノスケとモリヒメも、そうじゃないかと思ったのだ。

むしろよく隠せたものだ。

本気で死ぬかと思った——とかそういうレベルではなく、死んだのだから。

「ふふ、やっぱりバレてしまうかぁ。震えてる感覚はあるよ。肉体がないからか、実際に震えるわけじゃないんだけどね」

ちぐはぐな感覚。

死んでいるのに生きている。

こんな現象、仮に目の前に最新の地球科学技術があったとしても証明なんてしきれまい。

レミーアも説明なんてできないと匙《さじ》を投げた。

何が起きているのかを説明できる専門知識がもともとない。

ゆえに起きていることをそのまま受け入れるのがいい。

これまでの知識経験で推測することはできるが、あくまでも推測。

しかもこれまでのことと違うのは、いずれ答え合わせができる推測ではなく、おそらく今後も謎のまま答えは出ない類のものということだ。

「まあ、僕らのことは今はいいよ。それで、この街の調査に来たのだろう?」

「そうだ」

「エリステイン魔法王国、シャルロット王女殿下が使者か……今回の件は我が国の都合は斟酌《しんしゃく》していられないということなのだろうね」

「もうおおよそ推測はできているのだろう？」

「うーん、期待が重いな」

コウノスケは苦笑いした。

「事はきっと、エリステイン魔法王国だけの問題じゃない。エリステイン魔法王国は常にトウの国に気を遣って外交をしていた。しかし今回はそれをする気がない……いや、する余裕がないんだと思う。シャルロット殿下の使いである君たちは、エリステイン魔法王国が派遣した剣なのだろう？　つまり、エリステイン魔法王国は意を通すために、武力行使も辞さないということ。それだけの何かが起きているんだと思う。……どうだろう？」

「さすがだな」

大正解だ。

麒麟児《きりんじ》の面目躍如といったところか。

「ふう、あなたに試されるのは緊張するね。落葉の魔術師さん」

「おや、私の名を知っていたか」

「宗主国だけならず、三大大国で名を馳《は》せる魔術師だもの、当然だよね」

「そうか。まあそれはいい、些細《ささい》な問題だ」

「些細かなぁ？」

落葉の魔術師が些細《ささい》であるなら、引き込めるかどうかで三大大国のパワーバランスが変化する可能性がある、と囁《ささや》かれるだろうか。

こんな島国の小国にまで名が轟いているというのに、本人にはその自覚がなさそうだ。

「些細だとも。さて、私たちがこの街に来た目的を言おう」

そこまで分かっているなら話がはやい、と言わんばかりだ。

「先ほど言った通り、私たちはエリステイン魔法王国に雇われた冒険者だ――」

エリステインの王ジルマールより、もろもろの事情が記された書簡がトウの国の王に渡された。

トウの国の王モトヨシが書簡の内容を了承、エリステイン魔法王国に全面協力を約束。

しかしトウの国は後継者争いに端を発した内乱状態であり、トウの国単独では解決に時間がかかる。

モトヨシ王の協力は、エリステイン魔法王国が自国内で武力を振るい、内乱を鎮めても何も言わない、というものだった。

内政干渉そのものではある。

しかしこれまでずっと、属国であるトウの国の顔を立てる外交をしてきたエリステイン魔法王国が、初めて振るう宗主国としての強権。

書簡にて説明された事情を考慮すると、ここは協力しておかねばなるまい、というのがモトヨシ王の判断だ。

元々エリステインは武に訴えることも辞さぬ構え。

トウの国が了承せずとも力ずくで内政干渉する気満々であった。

そういうところを読み取ったからこそモトヨシ王は全面協力を約束したのだろう。

宗主国に恩を売るのと、世界の危機への対応のふたつを両取りした形だ。

その辺はジルマール王が考えることであって、太一たちには関係のないこと。

「私たちは王の名代であるシャルロット殿下の意に従い、必要とあらばこの国で武を振るう。そのためにまずは、戦闘があったというカマガタニにやってきたのだ」

それらを説明したレミーア。

コウノスケはなるほど、としきりにうなずいた。

「納得したよ。僕らも全面的に協力したいところだけど、すでに死んでいるからね……」

「構わぬ。当事者からの声を聞けるだけで思わぬ収穫だ。エドから専門家がやってきてカマガタニを調べるらしいぞ」

「まあ、そうだろうね。多分、祈祷師が来ると思うよ」

トウの国にもそういった専門業の者はいる。

祈祷師といい、魔術師とはまた違う職業だ。

占いによって、ごくごく近い未来から、腕のいい祈祷師であれば五年くらい先のことまでをぼんやりと見られるという。

もちろん万能というわけではなく、ごくごく些細《ささい》な外的要因で未来はすぐに変わるため、当たらないことがほとんど。

現状を維持し続けた先の未来がうっすらと分かるので、このままだとどうなるかという指標が分かるのだと。

それだけでも便利で特別ではないか、というのはその通り。

しかしそんな特別な技術だからこそ、いつでも使えるわけではない。

星の巡りや地脈の巡りといった様々な条件を一致させた時にだけその術を行使できるそうで、占ってほしい時にいつでも占える、というわけではない。

その性質ゆえに祈祷師は国が一元管理しており、一般国民はもちろん、貴族や王族であってもみだりに占いを依頼することはできないと法で決まっている。

そして祈祷師は、占いだけが仕事ではない。

人の目には見えないモノを認識できるらしい。

はっきりと見えるわけではないが、なんとなくうすぼんやりといることが分かるのだとか。

害のあるなしも分かり、場合によってはお祓《はら》いのようなこともするという。

そういう人が来てここを調査することになるとのことだった。

「まあ、この現象については私たちも管轄外ではあるな」

雇い主のエリスティン魔法王国は、トウの国の内政に介入することも辞さない構えであるが、だからこそ手を出す場所は選びたい。

ゆえにどこで手を出すかはシャルロットに一任しているわけだから。

「むしろ私たちは、クラノシンについて尋ねに来た。この街の不可思議な現象よりは、そちらの方が本題だ」

「クラノシン兄上か……僕が最期に話した会話でいいのかい？」

「願ってもない。その状況の会話は、聞こうと思っても聞けぬものだ」

「そうか……クラノシン兄上の主張は単純。王の座をかけて宣戦布告ってね」

クラノシンの主張としてはごく単純。

王になるのは自分なので、お前には退場してもらう。

降伏はきかない、嫌ならば退けるがいい。

それで敗北し、切られてしまった。

「びっくりしたよ。まさか降伏も許さないなんてね」

コウノスケは他人事のように話しているが、逆に衝撃的すぎて実感がわかないのだろう。

そんな印象があった。

殺されているのだからもっと恨みつらみがあってもいいのだろうが。

「そんな扱いされて、落ち着いてるのが信じられないな……」

太一が素直な感想を漏らすと、コウノスケは苦笑した。

「もう少し経ったら、恨みの気持ちも出てくるのかもね」

こうして死んでから自我を持ったのもつい先ほどの話。

その動揺もあって、変に冷静になっているのかもしれないとコウノスケは言う。

そういうものなのか、と納得しておくことにする太一。

一度死んで、疑似的にだが意識を取り戻した、という経験がないので語れない。

コウノスケやモリヒメの立場になって、その気持ちを慮《おもんぱか》ってやることなんてできないのだ。

「とにかく、兄上が降伏を許さなかったというのが一番の驚きだったよ。そこまで浅慮《せんりょ》でも酷薄《こくはく》でもなかったはずなのに……」

「ウジノブも言っていたな。好戦的ではあったが、超えるべき線の前できちんと踏みとどまる男であったと」

「うん。積極的に、問答無用で命を取るなんて悪手なんだ。調略の結果だって加点対象だからね」

次期王を決めるための後継者争い。

それはあらゆる面が採点される。

もちろん戦っての勝者がもっとも近いわけだけど、勝つだけでいいわけではあるまい。

なにせ国の舵取りをしたいというのだから戦の強さだけを重視するはずがない。

もちろん精強《せいきょう》さも大事だが、例えば苦手分野を補うための人事ができるか。

人心掌握ができるか。

ついていきたいと思わせるカリスマがあるか。

自分の責任で選ぶことを厭《いと》わない決断力があるか。

政治が苦手ならそれを補えるのか。

戦が苦手ならそれを補えるのか。

そういったものもじゅうぶんに評価対象になるのが、トウの国の後継者争いであるというのだ。

それを聞けばますます、コウノスケに降伏を許さずに殺したのは良い手ではなく。

また良い手でないことを理解できたはずなのに、クラノシンはなぜ、という話になるのだ。

「うむ、よく分かった。となると次は、やはりクラノシンになるな」

「……そうだね。そうするのが一番はやいと思うよ」

何か違和感が残るトウの国の後継者争い。

力でぶっ飛ばせば済む。

そんな単純な話であればいいのだが……。

第三十二章　開かれた黒穴

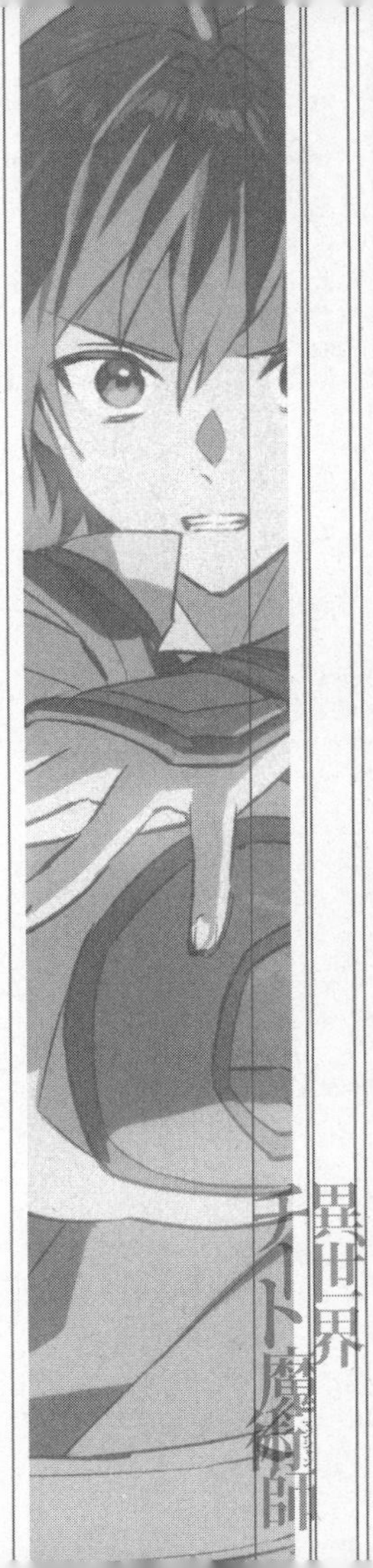

第百一話　撒《ま》き餌《え》

森の中を隠れて気配を消しながら移動する。

久々だ、この感覚。

すでにこの距離であれば、太一ならずとも、凛もミューラも対象の魔物を仕留めることはたやすい。

しかし精霊の恩恵に与《あずか》りすぎて基礎基本がおろそかになっていないか。

標的発見後、せめて目視できる距離くらいまでは精霊に頼らずやってみよ、とレミーアから言われていた。

確かにその通りである。

便利になったことは確か。

でもそれに頼り切った結果、もともと持っていた技術を錆《さ》びつかせる必要もないだろう。

何らかの要因で一時的に精霊の力を借りられなくなったらどうする。

そういわれればその通りだった。

せっかくだから魔力、魔術の使用も必要最低限のみでなるべく使わないようにやってみようということになった。

それぞれそこその距離をとって進んでいるが、ギリギリ目視ができるくらいの距離を保っている。

その状態で、感覚を強化して気配を探っているのだ。

木々が視界を遮《さえぎ》るが、そこは視力を強化することで対応。

三人は定期的に他の二人を見るようにしている。

そして何か異変を察知したらそれぞれ武器を掲げるという合図を事前に決めていた。

凛が足を止め、離れたところにいるミューラと太一に目を向け、杖を掲げた。

まず先に太一が。

ちょっと間をおいてミューラが、凛が掲げた杖に気が付いてゆっくりと凛のいる方へと近づく。

「あっち」

短く、簡潔に、小声で。

目視はできない。

つまり凛が気配で察知したのだ。

そして太一とミューラも、凛の場所まで近づけば、彼女が何を察知したのかが分かった。

　この存在感。

　おそらくターゲットではなかろうか。

「行くわよ。音を立てないように」

　精霊魔法を使えば、近づく必要すらない。

　気配察知から魔物を倒すところまで、一歩も動かずに可能だ。

　最初は太一だけの専売特許だったが、今では凛もミューラも同じことができる。

　見つけた。

　視線の先には、オーガがいた。

　頭頂部にあるはずの角はなく、代わりに頭の横から二本の短い角が突き出ていた。

　オーガにはそのような角はない。

「あれだ、変異種」

　もはや目視ができる距離だ。

　オーガは仕留めたクマの死骸をむさぼっていた。

　本来ならオーガはCランクといったところの魔物だが、今回は変異種ということで暫定《ざんてい》的にワンランク上に設定されている。

　ギルドの調査員がその行動や身のこなし、うかがえるパワーなどから算出したデータをもとに推定Bランクと位置付けたわけだ。

しかしこの依頼、Bランクで確定していないことからも危険度がわかろうというもの。

よって緊急依頼として発行されたものを、Aランク冒険者だった太一たちが受けたわけだ。

最近活動を開始したばかりなので、実にタイミングが良かった。

「どうみる？」

「そうね。Bランク上位、Aランクに届くか届かないか、てところじゃないかしら」

「うん、私もそう思う」

実物を目にして感じる威圧感などからそう推測する。

「精霊魔法を使うまでもないわね」

「もっと言えば、私かミューラのどちらかだけでもじゅうぶんだよ」

そういうことである。

「俺もやるか？　いらない気がするんだけど」

「あたしもいらないわよ。というわけでリン、任せたわ」

「オッケー」

この程度面倒にも入らない。

ちょっと骨があるかな、というくらいだろうか。

凛は気軽な様子で身を隠すのをやめ、オーガ変異種の前に躍り出た。

「ぐがっ？」

「やあ」

凛はひらひらとオーガ変異種に向けて手を振る。

気配を隠すのをやめて姿を現した凛を見て、新たな獲物が現れたと言わんばかりに唸《うな》り声を出すオーガ。

Aランク冒険者が全力で存在を隠蔽《いんぺい》すれば、魔術による偽装をしなくても、オーガくらいならば隠れ通すのは難しくはないということ。

それはどうやら、変異種が相手でも変わらないらしい。

「ぐおおおお！」

魔物は威嚇の叫び声をあげ。

そして一歩下がって構えた。

「ふうん、分かるんだ」

逃げる様子はなく、あくまでも戦うつもりなのは変わらない。

しかし目前のオーガ変異種からは強い警戒心が伝わってくる。

あの巨体であれば、三歩も歩いて手を伸ばせば凛に届く距離だというのに。

無防備に踏み込んできて攻撃をしてくることも想定はしていたのだけれど、オーガ変異種にそのつもりはなさそうだ。
「それならいいや」
手ごたえのない敵を相手にだらだらと戦う趣味はない。
今やレッドオーガだって強敵足りえないわけなので。
精霊魔法を手に入れる前でも勝てる相手に、緊張しろというのが難しい。
とはいえ油断はしない。
杖を構え、風の魔術を構築。
発射と、魔物の胸元が穿《うが》たれたのは同時だった。
「があぁっ!?」
巨体がどうと倒れる。
この程度は朝飯前。
離れたままオーガ変異種の様子を観察する。
手ごたえはあった。
凛にはこの一撃で倒したという確信があった。
どくどくと流れて広がる血液。
オーガ変異種が凛に手を伸ばす。
何が起きたか分からないという顔で、それでも戦う意志は消えていないような表情だった。

「ぐ、が……」

ずず、と手を伸ばしながらも生にしがみつこうとして。

オーガ変異種の目から光が消え、手がどさりと落ちた。

「……」

無防備に近づくことはせず、魔物の様子を確認する。

いまわの際に襲い掛かってくる可能性がないとはいえない。

野生の生命力を甘く見てはいけない。

動かないのを確認してから、凛はオーガ変異種に近づき、杖の先に風の刃を生み出した。

それで角を切り飛ばす。

くるくると飛んだそれをぱしっとキャッチし、討伐証明部位の剥《は》ぎ取りも完了だ。

「終わったよ」

それを聞いて太一とミューラも姿を見せた。

「ま、こんなもんよね」

精霊魔法を使わず、凛の魔術一発で死んでしまうような相手は敵にはならない。

戦う前の推定通りだった。

こんな敵に、凛とミューラで戦うとかそういうことは全く不要だった。

「じゃ、帰ろうぜ。もしかしたら他にも何かやれるかもしれないしな」

空を見上げる。

まだ陽は中天に達していない。

今から帰ればもうひとつ依頼を受けられるかもしれないというのはその通り。

「そうね。あたしたちとしては、たくさん依頼を受けたいところね」

「ささっと終わってよかったよ。じゃあ帰ろう」

オーガ変異種に出会うまでは慎重だったが、帰路までそのようにするつもりはない。

突出した能力にものを言わせ、森を高速で踏破していくのだった。

◇◆◇◆◇◆◇◆

「あっ、お帰りなさい」

「戻ったわ」

冒険者ギルドに顔を出したのはミューラ。

その後ろには太一と凛。

「いかがでしたか？」

「難しい仕事じゃなかったわね」

倒したのはオーガの変異種。

突然変異で妙な進化をして強くなった個体だ。

推奨冒険者ランクはB。

Aランクにしておいた太一たちにとっては余裕で受けられる難易度だった。

「はいこれ」

討伐証明となる角を置いた。

側頭部に生えていた、十センチほどの大きさの角。

一本あればいいとのことだったので、もう一本は切らずに放置してきた。

やっつけたのは凛だが、報告者はミューラ。

この程度の相手、誰が仕留めたとか、誰が報告したかとか、こだわる理由がない。

ランクを上げている最中ならまだしも、三人にとってもはやこの程度の功績では気にも留めないのだ。

「なるほど、これが……」

オーガを見たことはあっても、変異種についてはそうそう見る機会はない。

一度も目撃することなく現役を終える冒険者だってたくさんいることだろう。

なので、受付嬢が一目で判断できなくてもおかしくはなかった。

「おそらく大丈夫でしょうが、鑑定に回しますので結果は追ってご連絡します」

「問題ないわ。それで、まだ少し時間があるから他の依頼もこなそうと思うのだけど」

「かしこまりました」

すでに三人の実力は知らしめてある。

一日ひとつの依頼をこなすのが普通は限界だが、太一たちにその常識は当てはまらない。

「じゃあ何にしよっかなぁ」

いったん受付嬢の前から離れて掲示板に。

すでにもうめぼしい依頼はない。

朝のうちに美味しいやつは取られている。

これはどこのギルドでも一緒で、ここツダガワのギルドも例に漏れず。

「うーん、俺は採取かな」

掲示板の端の方に張ってあった、薬草採取の依頼。

推奨ランクはパーティでCランク、単独ならBランクだ。ランクからしても報酬は悪くないのに残っている。

話を聞けば、場所がずいぶんと遠いようだ。

往復で馬車を使って二日以上と、まず行って帰ってくるだけで面倒な依頼であることが分かった。

その面倒な道中には、強くはないが厄介な魔物が結構出現する上、採取場所は洞窟の中でそこもまた魔物の巣窟であることに加えて構造も複雑で迷いやすい。

危険度はそこまで高くはないようだが、いかんせん面倒すぎて受ける人がいないようだ。

「それじゃあ、私はこれかな」

凛が受けたのは駆け出し冒険者に対する魔術の基礎講師だった。

これについては条件に合致する冒険者はいくらでもいるが、講師ができるだけの実力がある冒険者は日々の依頼をこなすのに忙しい。

そちらをやる方が実入りもいいので仕方ないだろう。

もちろんこれをやることでギルドの覚えが良くなることは分かっているので受ける冒険者はいるが、なかなか定期的に確保はできていない様子だ。

ギルド職員にも講師はいるが、彼らは引退した元冒険者。現役冒険者にも講師をしてもらいたいのだろう。

「あたしはこれにしようかしら」

ミューラもまた、冒険者になるための訓練をしている者たちに対する近接戦闘訓練の相手を買って出た。

こちらも凛が受けた魔術講師の依頼と似たような理由だ。

今も戦闘の最前線に出ている冒険者に相手をしてもらうというのは、新人にとって良い経験になる。

しかしそういったことを頼まれるような冒険者は、やはり自分の仕事をこなす方を優先してしまうのだ。

そのために現役冒険者の立候補はいつでも募集しているということ。

「これらですか……分かりました」

受付嬢はそれらの依頼受注の手続きをしてくれた。

「これから出られるのですか？」

「そうだな。今から出るよ」

「そうですか。ではこちらを」

受付嬢から地図を渡された。

簡易なものだが、じゅうぶんだ。

方向音痴の太一ではあるが、今はシルフィやミィらの力を借りればそこまで迷うことはない。

「こちらの魔術講座と模擬戦闘訓練につきましては、講師の都合がつき次第すぐにやってもらっていますが大丈夫ですか？」

訓練は特定の曜日を除いて毎日行われており、その日にこれる訓練生が日々汗を流している。

訓練や講義を受けるペースは訓練生それぞれの裁量に委ねられているが、特定の出席日数に達すればいいというわけではなく、ギルドが定めた水準に達しているかどうかで判断される。

三日に一回の訓練を受けて一か月で訓練生を卒業できる者がいれば、毎日訓練を受けて半年経っても卒業の目途が立たない者もいる。

ひとそれぞれというわけだ。

これは魔術講座も戦闘訓練どちらもである。

「ええ、大丈夫です」

「いいわよ」

「ほんとですか！　いやあ、ここ最近は受けてくれる冒険者が少なくて困っていたんです。いえ、分かるんですよ。どう考えても適正依頼をこなす方が報酬がいいですから」

ほとほと困ったという様子。

受けてほしいけど、冒険者のことを考えたら無理強《じ》いなんてできない。

そんな苦悩が見て取れた。

「ギルドの覚えが良くなるのが大事なのは分かっていても、そんなに懐に余裕がある冒険者はそういませんし。余裕が作れるだけの実力がある冒険者を指名すると報酬が高くなりすぎてしまうので……」

「まあ、そうよね」

今回は目的に合致するから引き受けた凛とミューラだけれど、自分たちが受ける依頼の平均報酬から考えれば割安なのはフォローのしようがない。

講座と訓練を選んだのも、ギルドの評価を良くするため、というのが主目的だからこそ受けたにすぎない。

「なので今回は助かりました。採取の方も定期的に入荷が必要なのに、最近はあまり行ってくれる冒険者も少なくて……」

「まあ、面倒そうだもんなぁ」

この依頼を受けられる実力の冒険者ならばまず命の危険はないだろう。よっぽど気を抜いて無防備にならなければだが。

それでも敬遠されるのは、時間がかかるのと、その間面倒なことがひたすら続くからである。

もう少し報酬を増やして割のいい感じにすればいいのだろうが、それができたら苦労しないというやつであろう。

太一としても、焦げ付いている不良債権気味の依頼を消化するというのが目的だ。

三人とも、金には困っていないからこそ気にしないでいられるというのもある。

「じゃあ、早速行ってくるよ」

「ええ。いってらっしゃい」

「また後でね」

太一はギルドを出てそのまま依頼に行くつもりだった。

依頼書を見ながら、露店で必要なものを購入し、街の外へ。

「うし、行くか」

依頼書をしまって、取り出したのは地図だ。

街の北門から出た場合の、それぞれの街の大まかな位置関係、それから目的地への方角、目的地付近にある目印などがしるされていた。

これだけあればじゅうぶんだろう。

太一では迷いかねないが……。

『これなら大丈夫』

とシルフィが太鼓判を押すので不安はなかった。

◇◆◇◆◇◆◇◆

「うむ。どうやらタイチたちはうまくやっているようだな」

レミーアは飲んでいた紅茶をソーサーに置いた。

音が立たない。

相変わらず完璧な礼儀作法だ。

「そのようです。さすがです」

話し相手となっていたシャルロットがうなずいた。

「あいつらには派手な成果を出してもらわねばならないからな」

「普通の冒険者では難しいですが、皆様ならではですね」

ここはツダガワにある、コウノスケが所有していた屋敷の中。

広さはそこまでではないが、馬車二台と二〇騎の騎兵が滞在するにはじゅうぶんな広さがあった。

全員がこの屋敷にいるわけではない。

一部は街に散っている。情報収集の任もあるし、仕掛けられているだろう諜報《ちょうほう》に対する対策でもある。

「こんな作戦で問題ないとは、そちらの懐が深くて助かったぞ」

「我が国としても、はやく収束するのならそれに越したことはないからね」

レミーアが立案した作戦は、太一、凛、ミューラの三人でツダガワの冒険者ギルドを荒らして、ソウガにいるクラノシシンをおびき出すというものだった。

クラノシシンの領地はツダガワからさらに東に進んだところにある港町ソウガ。

ツダガワとソウガの距離は馬車で一時間といったところか。

話を聞いているとかなり自重せずにやっているようなので、そろそろ情報がいっている頃ではないだろうか。

「後継者争いは大事なことだ。けれど、これによって国力にダメージが出る。何もなければ気にしないけれど、今は非常時ということだしね」

「内乱ですものね……」

「これが終わると大体国が疲弊してしまうからね」

「では今回の対応は渡りに船か？」

「国の状況的にも、個人の感情的にもね」

国へのダメージが少ないのがまず嬉しい。

そして、過去の後継者争いでは、不幸な事故を除いて死者が出たことは一度もないという。

家督争いをしているとはいえ、相手は家族だ。意図的には殺さないというのがルールだった。

事故に見せかけて殺すといったことはあったが、その場合は王による厳重な調査が行われ、それが意図的だった場合はただちに捕縛され、王による命令で処刑と王族法に定められていた。

クラノシンはトウの国の歴史をある意味で変えた男だ。

それも極めて不名誉な方向で。

そのような結果をもたらした弟は法により断罪されるべき、とウジノブはいう。

「……様子がおかしかった、とコウノスケ殿下はおっしゃっていたそうですね」

「そうだね。しかしそれをもって情状酌量とはならない。王族であればこそ、誰よりも王族法に縛られる必要があるんだ」

法は守られるからこそ意味があり、王族でさえもそれに逆らえないからこそ権威を保っている。

流されるわけにはいかない。

そういうことなら仕方ない、と民衆に強く支持されるであろう事情でもない限りは免れないのだと。

立法し、民を導く立場にあればこそ、なおさら。

「それが王族に生まれた定めだから」

「――……」

そう絞り出すようにつぶやいたウジノブの複雑な表情に、シャルロットは閉口した。

一方レミーアは我関せず。

この程度の話はどこにでも転がっている。

今更感情が揺らぐこともない。

過ごしてきた八〇年以上の時間があれば、こういう話は噂話どころか、直接その目でみたこともあった。

シャルロットは自分が王族であるからこそ、ウジノブの話には思うところがあったのだろう。

しっかりとしているが、彼女もまだ若い。

若ければこそ悩むこともある。

若者が悩み惑う姿は悪くないものだ、と若い王族たちの様子をただ眺めていた。

◇◆◇◆◇◆◇◆

太一は周囲からどう見られるかも気にせずに空を飛んでいた。

高空を飛ばなかったので当初はいくつもの視線を感じたが、今はもうだいぶ街から離れた影響か、人を見かけることもなくなった。

道中の大地を観察してみたが、馬車があるからはやく着く、というわけでもない。道は

結構険しくて、なるほどこれは時間がかかる。

道が整っていれば、ツダガワから馬車で三、四時間というところじゃなかろうか。

それが片道だけで一日かかるという話。この道を見れば納得である。

そんなところをじっくりと進む理由はない。

現在は森の上をゆっくりと飛んでいる。

といっても速度計があれば時速一〇〇キロを超えていることが分かるだろう。

「ああ、あれかな」

しばらく飛んだ先に、目標となる岩が見えた。ちょっと高度を上げてみれば、もうほとんど島の端っこだ。

とりあえず目標に近づいて着地する。

兄弟岩。

元は一つの岩だったが、中心が風化で削れた結果、背の高い部分と低い部分ができたようだ。

ミィが解説してくれた。

大地をつかさどる精霊がそういうのなら間違いはないだろう。

太一には疑うという選択はなかった。

「で、目的地はあそこか」

地図では、この兄弟岩までたどり着いたら、後は正面の崖に向かって徒歩で二〇分ほど。

入るべき洞窟は崖に近づけば一発で分かるそうだ。

歩いた先には、確かに分かりやすい洞窟がひとつだけ、ぽっかりと口を開けていた。

洞窟の中を覗《のぞ》いてみると、中はやはり暗い。

「よし、ここは……」

太一は指先に火を灯《とも》した。

これはサラマンダー……サラの力だ。

洞窟の中で火を燃やすのはご法度だと何かで聞いたことがある。

引火性のガスが充満していたり、酸素がなくなってしまうなどの危険があるからだ。

しかしここは剣と魔法の世界。

しかもこれはただの火じゃない。

エレメンタルの力を借り、魔力を燃料に燃える火なので、諸問題を気にする必要は一切ない。

『なんだ、灯《あか》りだけか』

「強い敵か、剣が効かない相手がいたらそっちの力も借りるかもな」

『あー……まあそうそう、オレたちの力を使わなきゃまずい、てやつはいないか』

「そういうこと。逆にそんなんにポンポン出てこられても困る」

『そりゃそうだ』

サラマンダーはくつくつと笑う。

納得してもらえて何よりだ。

洞窟の中を歩きながら感じる気配の中には、強そうなものはひとつたりともない。

実体を持たず武器が効かない敵がいたら力を借りるだろうが、ただ物理攻撃が効かないだけの弱い敵の可能性もじゅうぶんあった。

「こっちか？」

『うん、そう』

太一が歩く数歩先を、ミィがてこてこと歩いている。

今回彼女に道案内を頼んでいるのだ。

土の大精霊にかかれば、この洞窟がいくら入り組んでいようと、構造なんて丸裸。道案内程度造作もないことだ。

ちなみにシルフィには空気の循環を頼んでいる。

やはりこうした洞窟の中だとあまり体に良くないよどんだ空気がたまっているところもあったという。

別にくまなく歩くわけではないのだが、通り道の近くにあると太一にも影響が出る。

強化でいくらでも強靭《きょうじん》な肉体を得られるとはいえ、酸素が必要なのには変わりないのだから。

別に体の周りに風のバリケードを張ることで自身を保護してもいいのだが、せっかくなので空気の入れ替えをお願いしたわけだ。

それは今回採取する対象のためにもなるからで。

唯一現在役目のないウンディーネだが、上機嫌である。

その理由はすぐに分かる。

「お、ここだここだ」

洞窟に入り込んでしばらく。

太一の前に地底湖が現れた。

「じゃあ頼んだよ、ディーネ」

『お任せください』

そう、ここで出番がくるからこそ、最初は役割のなかったディーネが満足げだったわけだ。

ミィ曰《いわ》くここを通るのが踏破するのに一番はやいとのこと。

しかしギルド側からすると、この地底湖は正規ルートではない。

大きく迂回《うかい》することになるが、地面を踏みしめながら先に進む道もあった。

「おお」

身体を水色の膜が包む。

『これで、水の中でも陸の上と変わらないかのように動けるはずです』

「どれどれ」

ちゃぷんと右足を地底湖に突っ込んでみる。

濡れている感覚は一切ない。

「やっぱりこいつはすごいな」

同じことはシルフィでも可能だ。

風のバリアで囲ってもらえば水の中だって呼吸を気にする必要はなくなる。

でもそれはシルフィにとっての本分ではない。

力業でどうにかしてただけだから。

今なら役割分担ができる。

これは太一が本来やりたかったことでもあった。

水の中でも普通に歩けるし、呼吸も問題ない。

指先に灯《とも》した明るい火も消える気配はなった。

「しかも喋《しゃべ》れるし」

どういう理屈か分からないが、問題なく喋れるし、ちゃんとガボガボ言うことなく聞こえる。

太一は感動しきりだ。

すごいパワー、すごいスピード、すごいタフネス、すごい火力。

そのどれでももちろん感動する。

しかし太一がイメージする魔法は、そういった攻撃以外にも、何かと自分の周りを便利にするものというものでもあった。

今はそれが着実に実行できているのだ。

似たような真似は、きっと凛もできる。

しかしこの規模で、この精度で、こんな片手間でやることは難しいだろう。

しかも太一はこれら四つの魔法を同時に発動しているのだから。

数分歩いて、ざぱっと地底湖から出た。

湖底には魔物もいたが、太一には近づいてこない。

広い地底湖の端っこの方にいて、太一を避けていた。

その理由は至極シンプルで、太一が魔力で周囲を威圧してるからだ。

この洞窟はもちろん、周辺にも太一以外の人間の気配がないことはすでに確認済みである。

洞窟には面倒な魔物がたくさん棲息している。

いちいちそんな連中を相手するのもかったるいということで、総スルーすることに決めたのだ。

洞窟を高速で踏破しているとかそんなことはないので、洞窟に入ってからこっち結構な時間が経過しているが、一度も魔物に襲われていない。

この方が楽でよい。

普通の冒険者にとっては面倒で危険な洞窟も、太一にとっては安全な草原を散歩するのと大差はなかった。

さらにしばらく歩くと、ついに目的地だ。

「おお……着いた」

思わず感嘆の息を漏らす太一。

そこは穴の空いた天井から光が差し込んでおり、幻想的な光景が広がっていた。

日が差し込む範囲は花畑になっている。

どことなく清廉な、厳かな雰囲気さえ感じられた。

空気を循環するのは、この花畑のためでもあった。

天井に穴が空いているので外の空気は入ってくるだろうが、洞窟全体の空気をかき混ぜて入れ替えるだけで、結構違うだろうともくろんでのことだった。

その花はすべて同じ種類。

そう、太一が採取するのは、この花の蜜だった。

「んじゃ、ちゃっちゃと採取しちゃおうかね」

感動もそこそこに、太一は早速蜜を摘み取りにかかる。

そしてそれ用に用意した小さな革袋に、蜜を入れた小瓶を収めていく。

「うわ、めっちゃ蜜とれるな」

とろりと、まるで朝露がこぼれるがごとき蜜の量。

あいにくはちみつの原料になる花の蜜とは違い、食用にはならない。

しかしこの蜜は特殊な製薬の材料になるようで、需要はそこそこあるのに在庫がなかなかなくて困っている薬師が結構いるのだそう。

瓶同士が干渉して割れないように、適当な布を緩衝材にしつつ。

蜜を詰め込んだ小瓶が一〇本になったので、採取は完了だ。

結構な量になったが、それでも採取の対象にした花は三〇本くらい。

花畑全体から見たらごく一部だった。

「よしよし。じゃあ、帰ろうか」

傍《はた》から見たら虚空に話しかけている変な人のようだが、太一にだけは返事が聞こえてくる。

契約精霊たちから返事があり、太一はもと来た道を引き返した。

普通なら二、三日かけてやっとたどり着くだろう地。
太一は三時間もかからずに引き返すのだった。

第百二話　凛とミューラの講師業

「あなたに相手をしていただくのはあの子たちです」

ギルド職員に案内されてたどり着いた訓練場。

そこでは、明らかに駆け出しと思われる冒険者たちが各々の得物を手に素振りをしたり、武器を打ち合ったりしていた。

「遅い！」

強面のギルド職員が、駆け出し冒険者の剣を受け止め、振り払う。

それだけで少年の身体が吹き飛んだ。

ミューラと同じくらいの身長の少年。

男子だけあって、身長は同じくらいでも、体格はがっしりとしている。

人ひとりを吹き飛ばすのだからかなりのパワーだ。

魔力で強化すればミューラでも簡単だが、あの教官は強化魔術を使っていない。

つまり純粋な筋力でそれをなしたというわけだ。

ミューラももちろん鍛えてはいるが、さすがにあそこまでのパワーはない。

見たところCランクの中堅から上位といったところか。

「なんだか懐かしいわ」

かつてはミューラもああいう駆け出しの時があった。

レミーアに戦いを教わったのだが、何度転がされて砂まみれになったことか分からない。

「誰もが最初から強いわけではないですからね。それは才能があっても同じことです」

その通りだ。

太一だって力の使い方を覚えるまでは振り回され、地面を転がっていた。

あれだけ桁違《けたちが》いの強さを持つ太一でも、模擬戦すらままならない時があったのだ。

「彼らを見ればいいのね？」

「ええ。どうぞしごいてやってください」

高い実力を持つ冒険者と模擬戦ができるなんてめったな機会ではない。

ぜひとも揉んでやってほしいとギルド職員は言うと、彼はそのまま強面の教官のところに歩いていった。

一言二言話してうなずくと。

「集まれ！」

強面の教官に呼ばれ、駆け出し冒険者たちが集まってきた。

全員結構な疲労がたまっていそうだ。

加えて体のあちこちが土埃《つちぼこり》で汚れ、小さな傷も目立つ。

激しい訓練をしてきたのだろう。

それはそうだろう。

これから命を懸けて現場に出ていくのだ。

厳しくて当然。

吹っ飛ばされて転がる程度、なんということはない。

「今日はAランク冒険者にお前たちの訓練を見てもらうことになった」

強面の教官に視線を向けられたので、ミューラはそちらに歩いていく。

「ミューラよ。エリステイン魔法王国でAランク冒険者として活動しているわ」

「剣に加えて魔術も一流と聞いている。いい機会だ、体験して学び取れ」

訓練を受けている冒険者の卵たちはひそひそと話し始める。

全員ではなく、だいたい参加者の三割ほどだが。

「女？」

「しかも俺らと同い年か下くらいじゃないか」

「顔は可愛いけどな」

なんて声がかすかに届く。

あんまり興味がないので聞き流していたミューラは、何を言っていたかあまり理解していないが。

しかし鬼教官は許さなかった。

がん、と手にしていた槍《やり》の石突を地面に突き立てる。

「誰がおしゃべりをしていいといった！」

さすがの迫力だ。

この威圧感、やはり本職。

感心するミューラ。

「いや、すまないな」

ふと、鬼教官が謝った。

「おしゃべりをするくらい余裕があるということだろう。オレの訓練がぬるかったわけだ。お前たちを舐《な》めていた、謝ろう」

鬼教官の言葉を聞いた訓練生たちは一様に顔を引きつらせている。

（ばかね……）

ミューラはあきれるしかない。

訓練生として何度となくここで訓練を受けているのだろう。

だというのに、教官の性格を把握していないのだから。

その程度の観察眼ではまだまだ街の外に出す依頼は受けさせてやれない。

ま、だからこそ訓練生なのだろうが。

「というわけでミューラ。いい感じに揉んでやってくれ。数日使い物にならなくなっても構わん」

「いいの？」

「ああ。そろそろ甘ったれた連中に思い知らせてやってもいいと考えていた」

「いいならやるけど……それで折れたら？」

「そりゃあ、そいつはそれまでだったってことだ。適性が無い奴は冒険者にならない方が幸せだろ」

「ああ、それもそうね」

勝手に話を進められて、しかも完全に自分たちを舐《な》め腐っている会話に、ミューラが少女であることに不満を述べていた者たちが前に出た。

我慢できないとばかりに口々に言う。

「こいつが本当にAランクなんですか？」

「ああ、そうだ。よし、あれからのしてやれ」

文句を言ってきたのは狼頭《ろうとう》の獣人の青年だった。

年齢は太一と凛より少し上くらいだろうか。

まあ、外れていても問題はない。

彼がいくつだろうと、ミューラには関係ないので。

「そうね」

ミューラはてくてくと歩みを進めて、狼《おおかみ》の獣人から一〇メートルほど離れたところで対《たい》峙《じ》した。

「いいわ、いつでもかかってきなさい」

構えるわけでもなく、武器を抜くわけでもなく、ただ休めの姿勢で立つミューラ。

対する獣人の青年は両手にかぎ爪をつけている。

スピードとタフさを生かした超ショートレンジ。相手に張り付く接近戦が軸なのだろう。

「おい、武器はどうした」

「必要ないわ」

「……なんだと？」

「抜かせてみなさい」

「こいつ……っ！　怪我《けが》したって知らねぇぞ！」

さすがに速い。

稚拙ながら強化も行っているようだ。

その速度はただの獣人が出せるようなものではなかった。

ミューラより頭一つ高く、しなやかな筋肉質の体躯《たいく》が高速で迫る。

「おらあ！」

振り抜かれた腕をするりと避ける。

避けるのに強化魔術は必要ない。

そんなことをしたらミューラの動きが見えないだろうから。

使うのは、攻撃の時だけ、軽くだ。

相手の移動速度があるので、衝突に負けない程度に強化すればそれだけでじゅうぶんだった。

ボディブローを強化して、すれ違いざまに斜め上に打ち抜いた。

それだけ。

「お、ご……」

狼の獣人はおなかを押さえながら三歩ほど震える足で進み、膝《ひざ》をついた。

「げえぇっ！」

そのまま地面に吐いた。

「あたしが気に入らないなら、かかってきていいわよ。一対一なんてケチなことは言わないわ。面倒だしまとめてどうぞ？」

あえて煽ってみたのだが、かかってくる者はいなかった。

肩透かしだが、まあ面倒がないならそれでいいとミューラは気にしないことにした。

「こいつは訓練生の中でも強い方でな。十分格の違いってのは示せたことだろう」

「ふうん、そうなのね」

「さて。分かったろうお前たち。ミューラはオレよりも強い。見た目や性別で強さは測れない、安易な判断はするなと言ったはずだ、もう忘れたのか」

鬼教官が笑う。

笑顔とは本来攻撃的なものであると分かるものだった。

「まあいい。現役のAランク冒険者がどういうものか、お前たちには肌で感じ取ってもらう」

彼らにとっては厳しい教官が一人増えたようなものだ。

実際には、この依頼で得る報酬以上の金を提示しないと受けてもらえないのが、Aランク冒険者の個人レッスンだ。

地獄の午後が、始まった――

◇◆◇◆◇◆◇◆

今日はあの子たち相手の講師をしていただきます――

案内された先は訓練場の一角、魔術の修練場。

そこでは七人ほどの少年少女が魔力を練ってみたり、魔術の発動にトライしたりしていた。

向こうでは総合的な訓練が行われており、そこにはミューラの姿が見える。

結構広いのでこちらと向こうでかぶることはないだろう。

「懐かしいなあ」

「リンさんもそういう時代があったことでしょう」

「そうですね」

魔術が最初に使えた時。

指先に火を灯《とも》した瞬間はとても嬉しかったのを覚えている。

「やっぱり最初は感動しました。魔力操作も大事ですけど、魔術を使えるとよりやる気になりますからね」

凛は最初から魔術にトライした。

魔力についての修行はその後に適宜開始したのを覚えている。

「はいみなさん、注目」

講師役の、年かさの女性職員がパンと手を叩いた。

講義を受けて魔術訓練をしていた駆け出し冒険者たちが一斉に講師の方を向いた。

「今日は特別講師の方が来てます。どうぞ」

講師と職員に促されて、凛は彼らの前に歩み出た。

「私はAランク冒険者の凛です。今日は、私が講師をすることになりました」

Aランク冒険者。

それは駆け出しにとってはどれだけ上にいるかも分からない高位の存在。

しかしぱっと見て凛もまだまだ若い少女だ。

かつて戦ってきた敵……そう例えばダゴウは凛を見た目で判断しなかった。

舐《な》めるどころか「強敵だ」と言い、手を抜いたら逆に負けるから、と最初から全力でかかってきたのだ。

実はプライドが高く負けず嫌いの凛。もちろん必要とあらばそのプライドを横に置けるし、舐めてくる相手には与《くみ》しやすし、とする勝負師の面もある。

しかしそれはそれとして、凛を強敵と見定め、すべてを賭《か》けて真っ向からぶつかってくる相手との勝負は嫌いではなかった。

敵ながら気持ちのいい男だったと凛の記憶にはある。

それはとりもなおさず、ダゴウが経験豊富な強者だったからだ。

しかし駆け出しの訓練生に、ダゴウのような慧眼《けいがん》は望めない。

だから、彼らが凛を見る視線には訝《いぶか》るような感情が混ざっていることに気付いていた。

まあ、若輩者だし仕方ないことだな、と凛は気にしなかったのだけれど。

「どうやら信じていないようですね」

講師の女性は看過できなかったらしい。

「Aランクはごく一部の者しか到達できない高みです。信じられないというなら、見せていただきましょう」

彼女はちらりと凛を見た。

なるほど、それは話がはやい。

ひけらかす趣味は無いが、今回は派手にやるのが目的だ。

個人的な感情は置いておいて、それが仕事なら話は別。

「分かりました。行きますよ」

さて、派手な魔術。

何がいいだろうか。

とはいえあまりやりすぎると被害が大きくなってしまう。

訓練場は威力を求めるには向いていない。

どちらかというと命中精度や速度を磨く場所だろう。

速射で命中率高く、というオーダーは凛にとっては難しい話ではない。

安全な状況で、動かない的を撃つくらいはもう朝飯前だ。

しかし、あまり高等技術を見せすぎても彼らには分かるまい。

大事なのは分かりやすさ。

「……よし」

少し考えて、何をするかを決めた。

杖を頭上に掲げて呪文を詠唱。

『フレイムランス』

都合三本の炎の槍《やり》が顕現した。

さらに。

『フリージングランス』

氷の槍を三本生み出す。

まず炎の槍の方を放った。

火の粉をまき散らしながら飛んでいく破壊の化身。

威力は抑えめにしてあるけれど、三本もあれば的が置いてある辺りを消し飛ばすくらいの力はある。

続いて氷の槍を撃ちだした。

炎の槍『フレイムランス』はもともと弾速が遅い魔術。

その分威力に振っているので、当たれば恐ろしいが避けるのは難しくないので、撃つタイミングが大事だ。

特に今回はより遅くしているので……氷の槍があっという間に炎の槍を追い越した。

氷の槍を操作して軌道を変えUターン、それぞれが炎の槍に正面衝突。

爆発と水蒸気を発生させた。

「うわっ!?」

「きゃああ！」

背後から悲鳴が聞こえる。

かなり威力を抑えてあったのでこの程度では何も思わない凛だが、他の面々は違った。

訓練生が納得すればいいと思っていたけれど、講師の女性にも効いてしまったのは想定外だったが。

「こんな感じでどうですか？」

「……じゅうぶんです。かなり威力を抑えましたね」

凛ほどの使い手が調整したのだから、この結果は彼女にとって当然のものだった。

「ええまあ。何も考えずに撃つと吹き飛ばしちゃいますから」

「そうでしょう。『フレイムランス』はそういう魔術です」

片や『フレイムランス』は貫通能力もそうだが爆発力が特に高く、片や『フリージングランス』は貫通力に特化し、追加で冷気のダメージを与える魔術だ。

特性と得意な分野が違うだけで、総合力を評価するなら互角。

撃ち合えば相殺となるのもまあ当然の結果だと講師の女性は説明した。

「これで分かったでしょう。魔術の威力をはじめとした制御も思いのまま。異なる属性を同時に何でもないことのように行使する。……Aランク冒険者とは、こういう方々のことをいうのです」

まあ複数属性を扱えることがAランク冒険者の条件ではないけどね、と心の中で付け加える。

単一属性しか扱えないものの、かつての凛とミューラよりも強い相手はいた。グラミとか。

せっかくフォローしてもらえているのだから、水を差さなくてもいいと思ったのだ。

これ以降の仕事がスムーズにいくのならそちらの方が大事だ。

Aランク冒険者に匹敵する実力者でも単体属性の者もいる。

そういう認識の訂正は、後でやってもらえばいい。

「じゃあ、これで納得してもらえたということで始めていいですか？」

「そうですね。これで貴女を認めない、という人はいないでしょうからね」

実際、Aランク冒険者であることを信じてもらわなくても支障はない。

凛が優れた魔術師であることさえ理解してもらえれば、それで講義はじゅうぶんに進められるだろうから。

「じゃあ始めますよ。まずは皆さん、魔術を発動してみましょう」

風、土、火、水の四属性の使い手がばらけている。

指を四本立てて、人差し指に火を、中指に水を、薬指に石を、小指に渦巻く風を。

「最初はこれで構いません。火が何故燃えるのか。水をどこから持ってくるのか。石は、風は。そういう着眼点でやってみましょう」

簡単にやっているが、凛のこの例題も尋常ではない。

先ほどのデモンストレーションといい、この例題といい。

凛が腕のいい魔術師であることだけは、訓練生に伝わったようだった。

◇◆◇◆◇◆◇◆

「あれ、どうされたんですか？」

昼頃に出発した太一が夕方に戻って来たので、受付嬢は怪訝《けげん》そうな顔をした。

行って帰ってくるだけで二日以上、洞窟の探索で半日以上は確実に要する依頼なのだ。

道中も平たんではないし、出てくる魔物も危険度こそ低いものの狡猾《こうかつ》だったり面倒だったりで時間がとられる。

洞窟内も入り組んでいるうえにこれまた妨害に長《た》けた魔物が現れる。

この依頼を受けた冒険者は最短で三日、平均すると四日から五日はかかっているのだ。

半日にも満たない時間では、行って帰ってきた、と考えることができないのも当然である。

「はいこれ。検品よろしく」

精霊の力を存分に使った。

全力ではなかったが、それでもじゅうぶんだった。

「これは……メロウ草の花びら!?」

受付嬢の驚きの声がロビーに響き渡る。

「どうやって持って来たんですか!?」

「どうやってって、空を飛んで」

「空を飛んで!?」

そんな散歩してきた、くらいのノリで空を飛んだなんて言われても、と受付嬢は自分の常識外のことに衝撃を隠せない様子だ。

太一からすれば普通のことだ。

騒がれるのが面倒で隠したりごまかしたりすることはあるが、今回は騒がれること自体が目的なのでこれでいい。

「まあまあ。それより数えて数えて。清算清算」

受付嬢を促す。

「え、ええそうですね」

興奮冷めやらぬ様子で革袋を持って奥に引っ込んでいく受付嬢。

彼女を見送り、太一はカウンターに体重を預けた。

(凛とミューラはどうしてるかなぁ)

訓練場は裏にあるので、今やっているのなら様子を見ることはできるだろう。

清算を終えてから扉を開けると、そこでは威勢のいい声が響き渡っていた。

一方では近接戦闘を中心に戦いが繰り広げられており、訓練場の一角に設けられた魔術の射撃訓練場には魔力がぼんやりと漂っていた。

日本にいるころに比べれば魔力のおかげで視力は非常に良くなった。

様子を見てみると、どちらも訓練は白熱している。

まだまだ時間がかかりそうだ。

「んー、どうすっかな」

彼女たちも子供じゃないので先に帰ってもいいのだが、なんとなく冷たい感じがする。

心配自体はしていない。

何か事件に巻き込まれても何とかする立ち回りができるし、実力もある。

実力はあっても立ち回り自体は太一の方が不安があるくらいだ。

自分で言っていて悲しくなるけれど。

ともかく太一はいったん引き返し、併設されている酒場で飲み物でも飲みながら待つことにした。

適当に空いている席に腰かける。

どうせ飯は家で食うので、凛とミューラがこの席に座ることはない。

なので二人席でじゅうぶんだ。

「あ、適当に酒じゃない飲み物よろしく」

近くを通った店員に注文した。

「はいはーい！」

酒場で酒を飲まないなんて、と絡まれるのはよくある話だが。

太一にそれは当てはまらない。

なにせここ数日で十分すぎるほどに実力を見せつけてきた。

手加減も遠慮も配慮もしない行動の数々で、高ランク依頼を根こそぎ散らしたのだ。

太一たち一行が。

「はいどーぞ、果実水ね」

「ああ、ありがとう」
置かれた木のジョッキをとりあえずあおる。
ちょっと酸味が効いただけの、甘みすらつけていない水だ。
果実を搾っただけで冷えてもいない。
そんなので金をとるなんて、と思うなかれ。
この世界ではこれが普通なのだ。
買ったものを冷やす道具もなければ、ウォーターサーバーもない。
ぬるいのがデフォルトなのだ。
ただし、太一の場合はそれに囚《とら》われない。
(キンキンに冷やして……)
ジョッキの中身がみるみるうちに冷えてきた。
ウンディーネの力を借りればこの程度造作もない。
四大精霊をこんな使い方するのはどうかと思わなくもないが、いいじゃないか。
魔術を、魔法を平和に使って何が悪い。
いや分かるのだ。
この世界が物騒なので、戦闘方面で発達したことは。
生きるための生存戦略の結果だ。

でも、精霊の中には戦いよりも生活を豊かにする方向でやりたいという精霊もいるらしい。

属性ごとの精霊を束ねるエレメンタル自身がそう言っていたので間違いではあるまい。

「くう～……」

冷たくなった飲み物が喉ごしに気持ちいい。

テーブルにコトンと置く。

にわかにギルドが騒がしくなってきた。

午後の依頼が終わって帰還してきた冒険者たちで賑わう時間だ。

太一はもう報告は終わっているので気楽なもの。

しかしこのうるさいとすら感じる賑やかさ。

喧騒《けんそう》は海を渡った海外でも変わらないらしい。

冒険者ギルドはこうでなくては。

「しかし、このギルドの最高ランクがCとはね」

他の街にはBランクやAランクの冒険者もいる。

しかしこのツダガワは多数の街に囲まれた交通の要衝という立地。

街道の整備も進んでおり、裏を返すとこの辺はかなり安全ということ。

例えばクラノシンの領地であるソウガはエドの最東端にあり、南に山、北に森、そして東には海という三方を自然に囲まれた地。

ツダガワと比べて危険度が一ランク上だ。

太一がこなした依頼は単独Bランクの難易度だった。

この街で出すにはちょっとランクが高すぎるのでは、と思ったのだがどうやらこの依頼、島の西側にあるギルドに順番に出されているようだ。

それほどに手間をかけているということは、よほど達成したかったのだろう。

今回太一がツダガワにいる時に依頼をして、依頼主には幸運だったに違いない。

最高がCランク冒険者までのツダガワにも望みを託すくらいだから相当だ。

太一としては割のいい仕事だったので構わない。

報酬額は結構なものだったが、適正ランクの冒険者が普通にこなした場合はかかった経費を差し引くとそこまで大きな稼ぎにはならない。

むしろコスパでいうとちょっと割が悪いかも、となるかもしれない。

しかし太一はこれを半日で終わらせられる。

しかも経費なんてせいぜいが道中の食事と飲料くらい。

収支は大幅プラスでコスパもかなりいい。

ちなみに依頼の報酬には、経費込みの金額のものと、経費依頼者持ちの金額のものがある。

当然前者の方が高い傾向があり、ここの経費をどれだけ安くあげられるかも冒険者のスキルだ。

……と、ミューラが言っていた。

まあ太一は金に困っていないのでそこまで節約しなくてもいいんじゃないかと思う。

ミューラは「その通りだ」と太一の主張を肯定したうえで、節約術を覚えておいて損はないから、という。

それには太一も同意なので今も勉強中だ。

「あ、太一」

「待たせたみたいね」

考え事をしていたら、凛とミューラが戻って来た。

「お、終わったか」

「うん」

「思いがけず熱が入ってしまったわ」

気付けばジョッキの中身も飲み干してしまっていた。

のどが渇いていたわけでもない。

ぬるくなる心配もなかったのでゆっくり飲んでいたのだけど。

考え事をしているうちに時間が過ぎただけだ。

「じゃあ帰ろうか」

今日はもうギルドに用はない。

太一は代金を店員に渡すと、凛、ミューラとともにそのままギルドを出た。

「どうだ？」

「うん、みんなやる気あるもんだからついつい気合入っちゃってね」

「あたしも似たようなものね。根性は結構なものだったわ」

今回の生徒はずいぶんと優秀だったようだ。

もしよかったらまた講師の依頼を受けてほしい、と言われたくらいだ。

「そうかぁ。どうすんの？」

太一としては受けても受けなくてもかまわない。

講師をやりながらでも他の依頼を受けることは可能だ。

訓練に毎日参加しないといけないわけじゃないのだから。

それに、太一一人で依頼を片付けることになっても特に問題はない。

Cランク向けのギルドで、実力が足りなくて困る、なんてことはほぼ起こらないから。

「気が向いたらね。この仕事以外にめぼしいものがなかった時は考えようかしら」

「私も一緒かな。他に依頼を受けた方がいいならそうした方がいいしね」

「そっか」

自分たちの中でどうするか、決まっているのならいちいち太一が口出しをすることはない。

ひとまず今日は帰宅して明日からに備えるのがいい。

ギルドからしばらく歩いて、貴族街の中心やや左よりの屋敷が、太一たちが現在寝床にしている屋敷だ。

正門を守っているウジノブの騎士に挨拶《あいさつ》をする。

当然ながら顔パスである。

太一が正門を押して開けた。

本来の運用がされていれば正門を自分で開ける必要もないのだが、現在は簡易的な運用がされているのでそういうこともない。

ウジノブが連れてきた兵士のみで運用しているので当然だ。

いずれ屋敷を維持するための人員が派遣されるそうだが、維持するだけならば常駐する必要もないので、今屋敷を使っている人間ですべてを賄う必要があった。

「最初は、大変そうだなって思ったんだけどな」

兵士はあくまでも兵士だ。

戦闘の専門職である。

一方メイドも専門職だ。

なので兵士たちにとってはなかなか苦労するのではないかと思っていた。

意外にも兵士たちは苦労している様子はなかった。

もちろん仕事のクオリティはメイドに並ぶものではないが、必要最低限は問題なくできていた。

ウジノブとシャルロットの世話役であるメイドもついてきているが、彼女はあくまでも王族二人の世話が仕事だ。

屋敷の維持にも手を出すが、ウジノブとシャルロットの世話が仕事の中心である以上、監督や指示出し程度しかしていない。

それでも屋敷が荒れている様子がないのは、兵士たちが自分のことは自分でできるからだ。

兵士の中には当然貴族出身の者もいるが、彼らも何もできないということはない。

軍に入隊した見習い兵士は、自分で身の回りのことをなんでもできるように仕込まれる。

戦闘力の向上は当然で、同時に上官や先輩について身の回りのことをやるように仕込まれる。

血反吐《ちへど》を吐くような訓練と同時にこれらもやらねばならないのだ。

戦闘力の伸びは個人差が考慮されるが、身の回りのことについては考慮はされない。

一定のレベルに達すれば手を抜くことも許されるが、士官になっても定期的な審査が行われ、「錆《さ》びついた」と判断されると厳しい懲罰訓練がある。

なので上官としてどれだけ出世しようとも、軍に入隊した以上は逃れられない。

それがトウの国の軍に所属する兵士たちの日常だ。

「将軍であってもできることだよ。いやむしろ、将軍こそ誰よりもできなきゃいけないね」

「なるほどな、合理的だ」

そうすることで、侍従をつけるというコストが削減できるわけだ。

「でも、兵士たちを休ませるのに侍従は大切な気もします」

凛はあえて異を唱えた。

兵士の本分はやはり戦闘。そこで力を発揮できないのは困るのでは？　というのはごもっともな意見だ。

たとえばエリステイン魔法王国の軍も、役割で部隊が分かれている。

戦闘力は最低限で、軍を補佐する部隊が存在している。

矢面に立つ部隊が最高のパフォーマンスを発揮できるように、些事《さじ》を片付け、兵站《へいたん》を整えるといった役割を背負う部隊。

「そうできたらもちろんいい。でも、我が国の軍はそこまで大きいものではなくてね」

そうだった。

エリステイン魔法王国の人口はトウの国の四〇〇倍以上。

そう考えれば、常備軍の数に余裕なんて持てまい。

軍は金食い虫だ。戦える兵士を確保するには、自分たちですべてやる方がいいということだろう。

もっとも。

「常備軍だけじゃなく、なぜか民間も結構戦えるがな」

「ああ。確かにそうですね」

レミーアが言うことにミューラがうんうんとうなずいた。

「街を歩けば、冒険者ランクでいえばEくらいの人がゴロゴロいます。剣を佩《は》いている人もたくさんいますし」

たかがEランクに聞こえてしまう。

それは太一たちを基準に考えれば、という但し書きが必要だ。

冒険者Eランク。

街の外に出て、弱い魔物の討伐に赴くことができるランクだ。

冒険者になるには、魔力を持っていることが最低限必要である。

それは、強くなっていくには魔力を持っていることが必須条件だからだ。

つまり魔力がなければ強くなれない、というのが大陸での常識。

冒険者ギルドで活動していると勘違いしがちだが、冒険者というのは貴重な人材である。

誰もが魔力を持っているわけでもなく、魔力があっても戦闘には耐えられないことだってザラだ。

さて、これらの前提を鑑みれば、Eランク冒険者と同じくらいの強さの人間がゴロゴロいるというだけで異常だ。

「それはこの国の特性だね。もっとも戦える国民全員を動員なんてすれば国が傾いてしまうから、事実上不可能だけどね」

この国の人間は幼いころから男女問わず、狩りをしながら野山を駆け回って過ごす。

弱い野生動物から始まり、最終的には弱い魔物まで狩るようになるのだ。

犠牲も当然出る。それはいくら大人たちが対策しても仕方のないことだ。

しかしこの小さな島で、資源を最大限に生かし、また自分たちの身を守るには必要なこと。

そうしたところから、時に魔力もなく冒険者Cランクに達し、またそれを超えていくような突然変異の才能が見つかることもあるとか。

どこの修羅の国だ、と思わなくもない太一。

そういう常識。
そういう文化。
そういう歴史の上に成り立っているのがトウの国だ。
なるほど、だからか、と納得でもある。
この国の内乱をなるべくはやく鎮めたいとジルマールが考えた理由は。
来《きた》るべき日には確実に戦力になってくれるだろう。
島民全員ではないが、大多数が戦えるというのならそれは非常に心強いのだ。

第百三話　第二王子クラノシン

ギルドで依頼を受けて注目を集めるという目的を達成するためには、多少なりともツダガワに滞在する必要があった。

太一たちを一日以上拘束するような依頼は、ツダガワの冒険者ギルドには存在しないのだ。

それは兵の巡回が行われる範囲内だからだ。

トウの国は島の中心から南西まっすぐいった海岸沿いにエドがあり、王都から離れるほど危険度が上がる、と認識しておけばおおむね間違いはない。

広大というほどの大きさではない島だが、その島面積すべてを網羅して街道の魔物を駆除するのは現実的じゃない。

理由は単純で兵士の数が少ないからだ。

カマガタニはエドから遠目。

ツダガワはエドに近い。

ソウガは最東端。

位置関係は大体こんな感じであり、カマガタニはちょっと危険度が高めの街。

ソウガは辺境といえるほどに危険がある分、冒険者、兵士から市民に至るまで屈強。

ツダガワはエドに近いので巡回の手が行き届いており、安全。

もちろんこれは比較したら、という話で、危険がゼロではない。

でも、ソウガとツダガワでどれだけ危険度が違うかを思えば、安全といっていいだろう。

さて、そんなツダガワではあるが、管轄的にはなんとソウガを治めるクラノシンの領地である。

広く感じるが、横長な領地であり縦にはそんなに広くはない。

コウノスケが治めていた領地は円に近く、カマガタニの他にはマツノトが領地だ。

どちらも領地の面積としては同じくらいだ。

コウノスケの方が広そうだが、それはあくまでも見かけ上。

領地の面積、領地の人口のどちらも大体同じくらいである。

まあ現在はカマガタニが滅んだので人口はクラノシンの領地の方が多いが。

さて、このツダガワがクラノシンの領地であることは都合がよかった。

現在冒険者としての活動拠点はツダガワ。

当然毎日依頼を受けているものの、丸一日依頼に時間を取られているわけではない。

依頼の後は情報収集と称して街を散策したりして過ごしていた。

情報収集といっても、何かクラノシンの秘密を探ったりはしていない。集めているのはあくまでも噂話だ。

だが、それでじゅうぶんなのである。

日常生活からあまりに外れた導線をとれば、それだけ怪しまれるし。

その際に知ったことだが、現在のクラノシンの領主としての評価は良くなかった。

かつてのクラノシンは、王族、領主たるもの、民を守るのは当然である。しかし民を守るにはただではない、という理由から税金は高かった。

税金は高いものの、徴収した税を適切に軍備に回して領地巡回と街の治安維持に回していたために、高い税額に目をつむれば国内でもっとも安全な領地として名高かった。

他の領地に比べれば民の生活は厳しめだが、その分魔物や盗賊、街中の犯罪者による被害者の数は国内でもっとも少ない。

行商人も「ここが一番安全」と体感を話したそうだ。

国で一番安全な領地という形での還元が実績をあげていたからこそ、クラノシンが多少横柄だったり権力を笠にきても民は従っていた。

しかしこれらはすべて過去の話。

今はより横柄になり、軍備に使う税額は上がったばかりか、治安までもが悪くなった。

民は還元があるからこそ上についていくのだ。

その還元が無くなったなら、ついていかなくなってしまう。

「大体予想通り、てとこかな」

買い出ししつつ散歩していた太一と凛は、お昼前に喫茶店に入り、腹ごしらえを兼ねて休憩をとっていた。

そこで世間話がてら色々と話した結果、おおむね「前まではよかったのに今はひどい」という評価だった。

「そうだね」

「こうなったのは最近か……」

「前まではいい領主でもあった、てことだからね」

昔のクラノシンを悪い領主だった、と断言する人はいなかった。

もちろん手放しで褒められるわけではないものの、それは為政者《いせいしゃ》は誰もが受ける評価である。

人がやることなので、完璧な善政なんてありえない。

クラノシンもまた、総じていい領主だった、という評価だった。

そう、「だった」だ。

現在は違う。

気まぐれに街にやってきては、好き勝手をして去っていくとか。

街に来ても偉そうなだけで、無礼なことをしなければ平気だった。

頭を下げていればやり過ごせたのだ。

それが今や、クラノシンの気分でちょっかいを出されて、そうなるともう逃げるすべはない。

クラノシンの「なんとなく」が発動してしまうのだ。

一切無礼な対応はしていないのに「礼儀作法ができてるから気にいらない」と言われてしまうとどうすればよいのか、となる。

「かつてのクラノシンも、民は領主が好きにしていいタイプなんだっけ」

「うん、ウジノブ殿下はそう言ってた。ただ、行動に移さない分別があったって」

「でも今は……」

そう思っていることを、そのまま行動に反映している。

ここまで話を聞いてきて感じるのは、「その動機はどこにあるのか」だ。

激変といえる行動の変化。

その行動の是非はともかく、どうしてそうなったのかはとても気になるところだ。

まあでも、そこの答え合わせをするための調査は、太一と凛の予定になかった。

「そろそろって言ってたね」

「いい加減情報は届いてるはずだから、クラノシンがどこまでこらえられるかにかかってる、てな」

その予想をしたのはレミーア、シャルロット、ウジノブだ。

この三人が立てた作戦によって太一、凛、ミューラが動いている。

まあその実態は、太一たちのことを一番知っているレミーアが作戦を立案、シャルロットがそれを保証し、ウジノブが了承する形である。

ウジノブとしては今のうちに解決したいと思っているだろう。

今は一応トウの国の事情を汲《く》んでくれているわけで。

シャルロットがジルマールから命ぜられた任務の性質から考えれば、ウジノブにこうして伺いを立てている現状は、彼にとってはありがたいに違いない。

協力をさせたいトウの国を力で圧し潰した結果、目当ての力が衰弱してしまっては意味がないからだろうとウジノブは想像しているはずだ。

これは非常に危うい天秤《てんびん》の上で揺れ動いているという自覚があるだろう。

シャルロットが「トウの国の一時的な国力の低下を招いてでも、これ以上時間をかけるのはよくない」と判断した瞬間に、この天秤が傾く。

どちらに錘《おもり》を載せるかはシャルロットの胸先三寸《さんずん》。

太一がウジノブだったら、シャルロットに最大限協力する。

そう話すと。

「私もそうする。というかそうするしかないかなって」

「まあそうだよなあ」

太一と凛としてはどちらでもかまわない。

今回は物事の主導権を握らない。

だからどちらに転んでも気にしないし口出しもしない。

もちろんどう思うかを尋ねられたら自分の考えを述べることはするものの、どうするかを決めるのかはシャルロットだ。

「俺たちがここで活動を始めてもうすぐ一週間か」

「ずいぶん遠慮なくやってきたね」

近辺が安全なので、Cランク冒険者でさえ確保に苦労しているのがツダガワの冒険者ギルドだ。

Bランク以上の冒険者は、ツダガワで活動するくらいならもっとエドから離れた地にある街のギルドに行こうと考える。

エドとその最寄りの港を除いて、トウの国の島は外周……海岸に近くなるほど危険度が上がる土地柄だ。

王都エドがある港近辺が例外なだけで、トウの国では海岸は非常に危険であるという認識で統一されている。

他の冒険者に配慮せずに依頼を次々とこなし、ギルドからの覚えもよくなるように動いた。

突如現れたAランク冒険者が、Cランク向けの依頼がメインで、時たまBランクの依頼が現れるようなツダガワで、実力にモノを言わせていれば。

それはもはや領域への侵略に他ならない。

ギルドとしては文句などあるわけない。

しかし、それをよしとしない者がいた。

よそ者の冒険者が、土地に根差した冒険者の仕事を奪っているこの現状。

普通、高ランク冒険者が自分の領地にやってきたなら、場合によっては好待遇で迎えて根を下ろしてもらうように画策するだろう。

領主としてはそれが健全な反応だ。

しかしそうはできない理由がある。

なぜなら、活躍している太一、凛、ミューラはよそ者もよそ者。

エリステイン魔法王国のシャルロット王女が連れてきた懐刀だからだ。

成果はもうすぐ出るだろう、とレミーアたちは推測している。

それを疑う気は、太一にも凛にもないのだった。

◇◆◇◆◇◆◇◆

「なんだこれは」

執務室で仕事をしていたクラノシンは、先ほど届けられた手紙を読んで、そんな言葉を漏らした。

即座に積み上げられた報告書の山を引っかき回し、目的のものを見つけて一心不乱に目を通す。

「いかがなさいましたか」

命令を即座にしかるべき部署に伝えるためそばに控えさせている筆頭従者が、クラノシンに問いかける。

「ツダガワで、エリステインから来た冒険者が好き勝手している」

「シャルロット王女殿下がお連れになった護衛の冒険者ですな。しかし、好き勝手しているとは穏やかではありませんな」

「うむ。他国の人間がおれの領地で依頼を次から次へと片付けているそうだ」

「なるほど」

筆頭従者はポーカーフェイスを貫いた。

しかしわずかにこもった怪訝《けげん》そうな色に、クラノシンは気付かなかった。

領地の依頼が片付くならいいではないか。筆頭従者はそう考えたのだ。

「おれの領地に住む冒険者の仕事を無遠慮に奪う所業、許すことはできん」

そんなに目くじらを立てることだろうか。

ツダガワは安全な街だ。

国内でもっとも危険度が高い土地にある町のひとつであるここソウガの冒険者ギルドに比べれば、高ランク冒険者の分布は天と地ほども違う。

ソウガの高ランク依頼がよそ出身の冒険者に勢いよく減らされているとかならともかく、ツダガワの依頼が減ったところで、と思わなくもないのだが。

どうやらクラノシンはそうではないようだ。

「行くぞ」

「はっ」

どこに、とは尋ねない。

もう立ち上がり、コート掛けの外套《がいとう》を手にした主は何を言っても止められないからだ。

それにこの話の流れなら間違いなくツダガワだろう。

「馬車他の準備をしてまいりますので、殿下はごゆっくりお越しなさってください」

「任せる」

筆頭従者は執務室を出る。

忙しくなってしまった。

余計なことを、と、まだ見ぬ宗主国からの冒険者に文句を漏らすのだった。

◇◆◇◆◇◆◇◆

ここは領主の館から市内に出て、そこから街道まで一本でつながる道だ。

そこを領主クラノシンの馬車が駆けていくのが見えた。

「ふふ、いきましたか」

無事に動いたようだ。

自室から外を見て目の前の大通りを見下ろす。

窓から見えなくなるまで見送った後、ソファに腰を下ろした。

くつろぎながらお茶を飲みつつ、彼女はうまくいったとほくそ笑んだ。

ここまで持たせたのは僥倖《ぎょうこう》だ。

クラノシンのことだから、知ったタイミングですぐにでもツダガワに向かったに違いない。

それをここまで引き延ばしたのは、ひとえに彼女が情報が届かないように隠蔽《いんぺい》していたからだ。

それでも、隠蔽《いんぺい》にも限界はある。どれだけ隠そうとも隠し通し続けられるものではない。

なので、隠蔽工作が効かなくなったから、クラノシンが動いたのだろう。

クラノシンには任せろと言ったのに実際は何もしていないが、彼はそのことに違和感は覚えないし、こちらを責め立てることもない。

そうなることが分かっているから、それについては心配もしていない。

十分に時間が稼げた。

目的は達成できた。

「さて、こちらはこちらですべきことをせねば。例の手配は？」

「すべては滞りなく、お嬢様」

「そう」

彼女は立ち上がり、部屋の扉に向かう。

そのそばに控えていた執事が扉を開ける。

彼とすれ違いざま。

「参りましょう」

と告げた。

彼は恭《うやうや》しく頭を下げ、彼女の後ろをついて歩くのだった。

◇◆◇◆◇◆◇◆

午後からも引き続き情報収集と買い物を続ける太一と凛。
ちなみに午前中に買ったものは一度屋敷に置いてきた。
そこまで量は多くはないが、手に持ったままというのは煩《わずら》わしいので。
ちょっと手間だったけど、手放したおかげで身軽に歩けるのはいいことだった。
重さは問題じゃない。
手が塞がるのが問題だった。
大通りを歩きながら露店を冷やかしつつ、目に留まったものを購入していく。
時に値引き交渉もしながら。
特にお金に困ってはいないため値引きが成功しなくてもかまわない。
しかし覚えておいて損はない。
そういう場面に場慣れしておくことこそ大事だ。
冒険をしていると、消耗品は結構傷んだりしてくる。
仮にも冒険者用なので、もちろん高耐久なつくりはしているのだけれど、それでも使う環境が環境だ。

腰のポーチだって何度か買い替えているし、革のバッグだってそうだ。

それ以外のこまごまとした消耗品。

使い切れなかった携帯食料や薬品、回復薬。

様々な場面で使い倒すナイフだってそうだ。

いいナイフを手入れしながら長く使うという選択肢もあるが、これといったものに出会えないので、そこそこのものを数度研《と》いで買い替えている。

道具については、魔術や魔法で代替が可能だ。

すべてをそうしてもかまわないのだけれど、仮に魔術、魔法が使えなくなったら何もできなくなってしまう。

だからそれ以外の手段を習熟しておくことは無駄にはならないという教えを守っているわけだ。

そんな風に歩いていると、向こうの方がどよめいている。

「ん？　なんだ？」

「あれ、冒険者かな？」

こちらに向かってきているのは冒険者たちだ。

台車をゆっくりと引きながらこちらに向かって進んでいる。

この先にはギルドがあるので、そちらに向かっているのだろうか。

太一たちとは進行方向が逆なので、ほどなくしてすれ違うところまで来た。

台車を見る。

そこには青い顔をした冒険者が寝かされていた。

腹部からは血を流し、傷口の辺りは紫色に変色している。

救急搬送中だ。

「毒か」

「そうだね。後は血を流しすぎかも」

台車を引いている冒険者たちは若く、身に着けている装備も、言葉を選ばずにいえば貧弱なものだ。

おそらく駆け出し冒険者だろう。

外で依頼をこなしてきて、毒持ちの魔物に襲われた、というところだろうか。

台車はおそらく、街に入る時に衛兵が貸してくれたとか、門近くの商店からレンタルしたか。

「大丈夫か」

太一は近寄って声をかけた。

「な、なんだよ、俺たち急いでるんだよ」

「ああ、立ち止まらなくていいぞ」

足を止めようとした冒険者に先に行くように促し、太一はそのまま台車についていく。

心情的には一刻もはやく先に進みたいのだろうが、台車に乗せている仲間の負担にならないように仕方なくゆっくりと進んでいるのだろう。

その気持ちを思えば、足を止めさせるつもりはなかった。

「とりあえずこれか」

太一はポーチから毒消しの小瓶を取り出した。

取り出したのは、効果こそそこまで劇的なものではないが、あらかたの毒を中和し症状を和らげることができるポーションだ。

効果を弱くした代わりに、効果範囲を広くしたアンチドーテポーションだ。

一気に解毒まではいかずとも、色々な魔物から受けた毒の効果を一律で弱めて症状の進行を遅らせることができるこのポーション。

もちろんこれが効かない毒もあるが、それでもその汎用性《はんようせい》ゆえに人気の商品。

人差し指と親指でつまめるくらいの小ささなのも相まってそこそこ値が張る。

少なくとも駆け出し冒険者には手が届かない代物だ。

駆け出し冒険者が買おうと思ったら私財を投げうつ必要があるだろう。

それでも足りるかどうか。

「い、いや、それは……いや、それより」

台車を引いていた冒険者が躊躇《ちゅうちょ》した。

そりゃあそうだろう。

これを施されても返せるかどうか分からない。

もちろん心情的には受け取りたいところだが。

彼が何にためらっているのか気付いていたが、あえて無視する。

「いいから。間に合うか分からないだろ」

すでに意識なく、青い顔で呼吸も浅い。

はやく治療を受けさせる必要があるのは、医療については素人の太一でも分かった。

「ほら、はやく」

凛もうんうんとうなずく。

さすがに一刻を争う状況なのは誰の目にも明らかだ。

本当はそれぞれの毒に対応した毒消しを使うのがベストなのだけれど、手持ちにあるとは限らない。

大体は行く先に棲息する毒持ちの魔物に対応した毒消しを用意するもので、色々な毒消しを常に持ち歩く冒険者はまれだ。

特に太一たちはランクも相まってお金には余裕があるので、こういうものを常備しておいて、必要に応じて特効薬を準備する形だ。

なので逆に、提示できるものはこれしかないのだ。

ついさっき見つけて買ったものなのだけど、誰かの命を助けられるのなら別に惜しくはない。

「す、すまない……」

彼は申し訳なさそうに小瓶に手を伸ばした。

小瓶を受け取ると、遠慮がちに倒れた仲間の元に駆け寄った。

処置をしている彼らを太一と凛は眺めている。

あえて無視をしながら。

「おい、聞いているのか！」

そう、太一がポーチから小瓶を取り出し、彼らに使うように勧めたあたりからか。

この台車を追うようにやってきた馬車が目の前で停車し、降りてきたクラノシンが大声で話しかけているのだ。

それを華麗にスルーし続けている。

だから、毒消しを勧められた冒険者が躊躇《ちゅうちょ》していたのだ。

「先に行きたいならどうぞ」

間違いなくそうではない。

太一と凛に話しかけているのは間違いない。

しかし太一は、あえて勘違いした。

「うお、おおおおっ!?」

クラノシン、馬車、馬、そして護衛の騎兵全員を風の魔法で浮かせて、先にゆっくりと進めていく。

思わず治療が止まってしまう光景。

どよどよと観衆が沸いている。

そのまましばらく進めて、直線距離で二〇〇メートルほど離したところで誰も巻き込まないようにしながらゆっくりと着陸させた。

クラノシンが領主で王族であることは、トウの国に住んでいれば誰でも知っていること。

そんな相手をあの扱いだ。

みんなが唖然《あぜん》とするのも当然だった。

「ほら、はやく飲ませてやりな」

「あ、ああ……そうだ！　ほら、薬だぞ……」

王族をすげなくあしらうなんて真似、誰ができるだろうか。

馬車は引き返し、こちらに向かってきている。

さすがにあのような対応、クラノシシンが許すはずもなかった。

太一は、今度は地面を盛り上がらせて馬車を空高い場所に移す。

ずずずず、と巨大な土柱が、クラノシシン一行を乗せたままませりあがっている。

馬車からは色々な声が聞こえてきているが、太一も凛もそれについてはもう我関せずだ。

「それより、こいつは根本的に毒が抜けるわけじゃないから、治療はした方がいいぞ」

「毒を弱めて症状の進行を遅らせるだけだからね」

本来の使い方は、これを使用して治療を受けるまで持たせるためのもの。

すでに意識がない状態だったので、一刻を争うのは変わらない。

「さあ、行った行った」

「すまねぇ、恩にきる！」

色々と気になることは尽きないのだろうが、太一と凛が仲間を優先するように促したことで、それどころではないと気付いたのだろう。

彼らは急いで去っていった。

さてこれからどうするか。

太一と凛は顔を見合わせてひとつうなずくと、クラノシシン一行を乗せたままませりあがったやつを無視して歩き出す。

そして曲がり角を曲がるところで、太一が指をぱちんとはじいた。

すると、せりあがった地面がゆっくりと降り始めたではないか。

太一はその結果を確認することなく歩いていく。

もう視界には映っていないが、自分が起こした事象なので、その結果がどうなるかは手に取るように分かっている。

「あ、無事に元に戻ったな」

「そっか」

もう少しで貴族街に入るという辺りで、太一の魔法は無事に解除された。

「おーおー騒いでる騒いでる」

「そりゃそうだよね」

あれだけのことをされて、騒がずにいられるわけがない。

太一たちがどこに消えていったのかは目で追えているのだ。

事実、後ろから徐々に馬車と騎馬のけたたましい音が迫ってきている。

のんびりと歩いているのだから、追いつくのは必定。

いくら太一と凛といえども、魔力による補助がなければ、地球のアマチュアアスリートと同じくらいの身体能力だ。

冒険者として過酷な生活をしているので必然的に肉体は鍛えられるが、それでも魔力というものがある以上、肉体の鍛錬以上に魔力での強化が効果的だ。

ゆえに、普通に歩けばそのスピードは一般人と大差ない。

騎馬が太一と凛を追い抜き、行く先をふさぐように止まった。

そして道のはじに停車した馬車からはクラノシンと騎士三名が降りてきて太一と凛を取り囲む。

一見すると周囲を囲まれており、逃げ場がない。

「もう逃げられんぞ！　舐《な》めた真似をしてくれたな！」

クラノシンからの激しい言葉が飛ぶ。

この国に訪れた初日、王城に向かう前にシャルロットの前に立ち塞がった王族、クラノシン。

彼が浮かべていた怒気は、しかし太一と凛を見ているうちに、謎の生き物でも見つけたかのように変化している。

何せ一〇騎からなる騎馬兵と馬車に完全に囲まれているというのに、二人とも平然としているからだ。

「何か用か？」

太一が問いかける。

事実、この程度、囲まれていても何も気になることはない。

兵士たちは一人一人が、エリステイン魔法王国の騎士平均を上回っているだろう。

大幅にというわけではないが、それでも強さは明確に違う。

同数の部隊同士がぶつかれば、勝つのはトウの国の軍だと断言できる。

それでも、それだけでしかない。

クラノシンは彼らよりも強く、冒険者ランクで評するならAランクの上澄みの側に属するだろう。

精霊魔術師になる前の凛やミューラといい勝負をして、あわよくば勝っていたかもしれない、といったあたりだ。

しかしそれも今は昔、この程度、包囲とも呼べないわけである。

「もちろん用はある。先ほどの王族に対する不敬な真似といい、この街で好き放題冒険者市場を荒らしたことといい、もはや堪忍ならぬ！」

太一から問われたことでここに来た本来の目的を思い出したのか、クラノシンは自身の目的を開陳した。

「冒険者市場を荒らしたって言われてもな。別にギルドのルールに違反しているわけじゃないし」

「そうそう。違反したことがあればギルドカードに記録されるから、嘘ついてもすぐバレるしね」

だから自分たちの活動は正当だと言い張る。

事実その通りではある。

しかしそれは、周囲への影響を考えなければ、だ。

太一と凛、そしてミューラが一生懸命依頼をこなせばこなすほど、トウの国に根を下ろして活動している冒険者たちの仕事が奪われ、ひいては彼らの収入が減る。

彼らの収入が減れば消費が減り、すなわち商人の売り上げが下がって、最終的にクラノシンの税収が減るのだ。

つまり太一たちの主張も正当なものだが、一方でクラノシンが言う「市場を荒らした」もすべて間違っているわけでもない。

もっとも、この時点で「クラノシンを釣る」という目的は達成しているので、極端な話、もう冒険者活動もしなくてもいいのである。わざわざそれを言ってあげる必要もないのだが。

「減らず口を……！」

クラノシンのボルテージが上がっていく。

減らず口も気に食わないし、クラノシンへの不敬、の部分をまるまる無視したのも気に入らない。

一方、彼に仕えて長い騎兵の一人が、クラノシンの様子に違和感を覚えていた。

もともと苛烈で好戦的な主人だったが、ここまでカッカするような男でもなかった。

自分の領地で実績を上げている飛び抜けた実力を持つ冒険者であれば、自分の領地に居つかせようと厚遇し場合によっては自ら説得に動くだけの度量があったが、今や見る影もない。

この程度でここまで怒っただろうか。

もちろん腹は立てるだろうが、権力になびかぬ胆力見どころがある、その意気やよし、といった感じで許していたような気もする。

そんな余裕は今のクラノシンからは見受けられず、もはや状況は一触即発。

「俺たちが気に入らないなら、どうするんだ？」

まるでかかってこいと言わんばかりの言いぐさだ。

実際、太一はこの場でやってやろうという気満々だった。

何のためにこれまで仕込みをしてきたのか。

そう、この瞬間のためだからだ。

「覚悟はできているようだな、なれば、エリステイン魔法王国の者であっても容赦はせんぞ！」

クラノシンはそう気勢をあげ、腰のモノを引き抜いた。

それは、太一が持っている刀と同等か、ともすればそれ以上の一振り。

刀剣に対する美術的な審美眼はない太一だが、武器の良し悪しくらいは分かるようになってきた。

太一が持っているミスリルの剣も、刀も。

どちらもシャルロットとエフティヒアから下賜《かし》されたものなので質はかなりいい。

それと比べて質が劣るのか上回るのか。

ずっと腰に差して手入れをして……とやっていれば嫌でも磨かれるものだ。

「じゃあ俺がやるよ」

「うん、まかせたー」

気負いなく一歩前に出た太一。

それに対して凛は胸の下で軽く組んでいた右腕を顔の前まであげ、軽くひらひらと振って送り出す。

太一は常々試したいと思っていたことを実行することにした。

地面に手を向けると、魔力がばちばちと可視化する勢いで、まるで火花のようにスパークしながら、地面から剣が現れた。

地面にある鉄の成分だけを広い範囲から抽出し、成型した。

剣は剣でも大剣だ。

刀身の幅は人間の身体よりもなお広く。

長さは太一二人分に迫るほどに長く。

もっとも分厚いところは一五センチにも及ぶ。

切っ先は片刃でわずかに湾曲し、鍔《つば》はない。

柄はなく鍔ぜり合いをしたときには危険だが、そもそもこんな鉄の塊と打ち合おうと思えば、砕けるのは相手の剣だ。そんな心配はせずともいい。

刀身はまるで鏡のように磨かれていた。

それは、剣というにはあまりに武骨で、あまりに大きく、あまりに重すぎた。

鈍器にも見まがうほどのその威容。

まるでモンスターをハンティングするゲームに出てくる大剣のようだった。

まさしくそれをイメージしたので、その迫力、重厚感、存在感は計り知れず。

凛もそれを見て思わず「おー」と感嘆を漏らすほどの出来。

「うん、いい感じだ」

今回は鉄だったが、慣れてきたら別の鉱物でやってもいい。

何せミィの力を借りて作るのだ。

大地の中にあるものならおよそすべてが対象となる。

太一はそんな剣を右手でつかみ、血を払うかのように軽く振ってみせた。

ぶおん、と風が舞い、クラノシンの髪と服をたなびかせた。

ざん、と地面に突き立てる。

石畳が砕けるかと思ったがそうはならなかった。

あれだけ巨大な剣なのに、切れ味も相当なものである証だ。

「ようし、始めようか」

こんな大剣を棒切れのように振り回す相手。

魔術でもって即席で作られた大剣だから張りぼてかもしれないとも思ったのだが、石畳に突き刺さったあたりで即座にそのセンは潰されている。

あんな鉄の塊と打ち合ったら、いくら名刀匠が鍛えた業物であっても、ぽっきりと折れてしまうのは間違いない。

太一はずぼりと大剣を地面から抜いた。

地面に突き刺したのは二度手間だったのだが、それでも効果は十二分にあった。

これがまさしく刃物であり鈍器でもあると正確に相手に伝わったからだ。

太一はそれを肩に背負うと、刀身に炎を巻いた。

ミィとサラが共同で作り上げた新しい武器。

相手を傷つけ、殺すことしかできない武器だ。

ひたすら『破壊』に全振りしたこれは、普通なら大味な戦闘になりかねないが、そこは太一の膂力《りょりょく》が細かい戦闘を可能にする。

四大精霊と契約した太一には、武器が耐えられず徒手空拳《としゅくうけん》が一番強い、というジレンマがあった。

それをどうやって解決しようかと思っていたのだけれど、ふと思ったのだ。

至極シンプルな思いつき。

なければ、作ればいいじゃないか――

と。

幸か不幸か、この物々しい雰囲気に当てられ、周囲に人はいない。

皆建物に引きこもったり物陰に隠れたりしているので、この通りには人はいなかった。

この通りの範囲内であれば、人を傷つけることはない。

そして、太一であれば、道の両側に林立する建物を守ることなど、造作もなかった。

「行くぞ、動くなよ・・・」

大剣の威容に目を奪われているクラノシンに、太一はあえてゆっくりとそう警告した。

そして、おもむろに足を踏み出す。

「三歩必殺、てな！」

麻雀には三歩必殺、と呼ぶローカルルールがある、らしい。

らしいというのは、太一は麻雀をそこまで知らないからだ。

友人に教わりながら一度打った時、うまい同級生がそれで和了《あが》って、「三歩必殺じゃねえか、勘弁しろよ～」と泣きを見ていたからだ。

何がどうなってその三歩必殺が成立したのか、麻雀のまの字も知らない太一にはまるで理解が及ばなかったが、ともあれそういう言葉があることはそこで知った。

太一は一歩でクラノシンを間合いにとらえる寸前まで移動した。

数メートルの距離があったが、この程度の踏み込みは一歩で十分である。

きっちり三歩で到達はしていないが、「三歩以内だからいいだろ」と麻雀素人ならではの独自解釈で良しとする。

三歩必殺は三順以内で和了《あが》ることで成立するので、正解を引き当てていることはつゆ知らず。

唐竹割で振り下ろした大剣。

そんな軽い調子の内心とは裏腹に、効果は激烈だった。

殺すつもりなんてさらさらなかったので、きっちりとクラノシンに届かない軌道で剣が振り下ろされる。

切ったのはクラノシンでもなければ馬車でもないし、騎馬でもない。

しかし、ずばん、とすさまじい炸裂《さくれつ》とともに、石が割れる音がクラノシンの背後で響き渡った。

クラノシンは振り返る。

すると、石畳が長さ三〇メートルほどにわたって割れているではないか。

これも余波が周囲にいかないように、きっちりと太一の方で対処している。

この石畳の破損も、ミィの力を借りれば造作もないので、太一はある程度自重をとっぱらったわけだ。

信じがたいその一撃。

しかしそれを放った太一は、平然と大剣を肩に担ぎなおして。

「まだやるか？」

と、こんなのは何でもないと言わんばかりにクラノシンを挑発した。

第百四話　王族の兄弟たち

その一撃は鮮烈だった。

剣筋は軽やかで、しかし重さを感じる突風がクラノシンの全身を打ち付ける。

あんな鉄塊が振り下ろされたのに、まるで一本の線が空中に刻まれたかと錯覚してしまいそうになった。

それだけスムーズだった。

クラノシンだって素人じゃない。

好戦的な理由には、自分自身の実力に対する自信と、それを裏打ちする実績があるからだ。

それだけ剣術に打ち込み磨いた腕がある。

だからこそ分かってしまった。

太一の剣が、真剣に剣を振り、訓練を重ねて真面目に研鑽《けんさん》を積んだ結果だということが。

目の前の地面に食い込んでいる巨大な鉄。

そして背後に広がる割れた石畳の道。

目が覚めるような、頭が真っ白になるような衝撃があった。

「なんという一撃だ……」

口の中で小さくつぶやく。

すさまじい脅威。

こんな相手に喧嘩《けんか》を売ったのかという恐怖。

しかし、人とはここまで上にいけるのかという感動が、確かにクラノシンの中に生まれつつあった。

「まだやるか？」

太一が言う。

クラノシンはふるふると首を左右に振り、刀を鞘《さや》に納めた。

「いや、止めておこう」

先ほどまでの激昂《げきこう》がなりをひそめ、憑《つ》き物が落ちたかのようだ。

「そうか？」

正面に立っているからこそ分かる。

クラノシンにもはや戦意がないことが。

まあそこから奇襲をしてくるつもりなのかもしれないが、剣を振った時の強化を解除しなければ対処は容易だ。

クラノシンが動いてから後の先をとるのは簡単。

「ああ。そなたら、ウジノブ兄上と共にいるのであろう?」

「そうだけど」

「兄上の元を訪問したい」

ぴくりと反応する太一。

ちらりと凛を見る。

凛も少し考え、こくりとうなずいた。

太一と同じ考えだったようだ。

断るつもりだったら、凛のことをうかがう必要はなかった。

「分かった」

「おれが妙なことをしたとしたら遠慮なく制圧するがいい。お前たちならば簡単であろう」

やけにしおらしい。

先ほどまでの威勢はどこにいったのか。

この落ち着きよう、まるで別人のようだった。

「じゃあ、行くか」

「案内せよ」

偉そうな物言いだが、高圧的ではない。

これは王族として生まれ、ずっとそう在ったために染み付いたものなのだろう。

クラノシンは騎兵隊に馬車の後ろに整列してついてくるよう指示し、自身は馬車に乗り込んだ。

「なんだ、急に物分かり良くなってびっくりなんだけど」

「ね。混乱から解けたみたいな感じ」

太一も凛も疑問が抜けない。

不可解にすぎた。

まあ、自分からウジノブの前に行くというのだ。

会ってから、ウジノブの隙を突いて……という可能性は捨てきれないが、その場合もまた、太一と凛ならば制圧が可能である。

ましてそこにはミューラもレミーアもいる。

クラノシンが何かを達する可能性は限りなく低い。

「じゃあ、ついてきてくれ」

太一と凛が歩き出す。

クラノシンの話を聞いていた御者は歩く二人に合わせて馬車を進めた。

しばらくして、コウノスケの屋敷に到着した。

「その馬車は、クラノシン殿下の……！」

「案内してほしいっていうから連れてきた」

太一と凛が引き連れてきた馬車に驚いた門番。

仕方のない話だろう。

買い物に行くといって出かけて行って、クラノシンを釣って返ってくるなんて誰が考えるだろうか。

「す、少しお待ちいただきたく」

もう一人の門番が慌てて屋敷に飛び込んでいった。

ほどなくして戻って来た門番。

「ウジノブ殿下は、お会いになられるそうです」

太一に対して話しているが、実質馬車の中にいるクラノシンに向けられた言葉だ。

それが分かっているからこそ、太一は何も言わずにうなずいた。

もうお互いタメ口で話す仲になっていたので、彼が誰に向けて敬語を使っているのかすぐに理解できた。

馬車を敷地内の馬車停めに案内する。

「着いたぞ」

「分かった」

クラノシンが馬車から降りてきた。

「こちらです、クラノシン殿下」

「うむ。ああ、少しだけ、待て」

「はっ。何か？」

「お前たち」

クラノシンは自分の部下たちに向き直った。

「これ以降、おれがいいというまで王太子ウジノブの命令に従うように」

「はっ！」

クラノシンの部下たちは迷わず敬礼した。

ここから先、ウジノブがいる屋敷に滞在するわけなので、その間は郷に入っては郷に従え、ということだと受け取ったのだろう。

騎士に案内されるクラノシン。

太一と凛もまた、クラノシンの少し後ろをついて歩く。

ウジノブと会ったクラノシンを警戒するためだ。

なんとなく、変に早まったことはしないだろうと感じているが、そんなのは根拠のない予想なので信ずるに値しない。

自分の直感を信じていい時といけない時がある、というだけだ。

そこにかかるのが自分以外の命であるとするなら、もっと根拠をもちたいというだけだろう。

「ウジノブ殿下。クラノシン殿下が参られました」

「入ってもらいなさい」

扉の前で騎士がそう告げると、ウジノブからすぐに返事があった。

室内にいたのは当然ウジノブとシャルロット、そしてレミーアだ。

「久しぶりだね、クラノシン」

「元気そうで何よりだ、ウジノブ兄上」

本当に久しぶりなのだろう、兄弟の久々の再会はほんのちょっぴりぎこちないところから始まった。

「……どうしたんだい、クラノシン」

おとなしく腰かけたクラノシンを見て、ウジノブが怪訝《けげん》そうな顔をした。

「やはり気付いたか、兄上」

クラノシンは苦笑した。

ウジノブが知る限り、ここ最近のクラノシンはもっとピリピリと張りつめていて、不用意に触れれば切れる刃の様相だった。

抜けば鋭い刃物が現れるといった人間だったが、それが常に抜き身でいるような状態だったのだ。

それが今はどうだ。

きちんと刃を覆う鞘《さや》があるではないか。

「そこにいる、シャルロット殿下の護衛のおかげでね」

クラノシンは苦笑いしながら、出された紅茶を優雅に飲む。

「へえ？」

「頭が真っ白になった。気持ちのいい一発だった。おかげさまで目が覚めたとも」

クラノシンはカップをソーサーに置いて、シャルロットに向き合った。

「シャルロット殿下に感謝と謝罪を。面倒な立場ゆえ、頭を下げられないのが心苦しいが、受け取っていただけまいか」

感謝は、太一たちを連れてきたことだろう。

そして謝罪は、シャルロットがトウの国に到着した直後のことだ。

「分かりました。謝罪を受け入れます」

「恩に着る」

人が変わったかのようだ。

シャルロットが入国したときの姿とは似ても似つかない。

しかしウジノブだけは分かる。

変わったのではない。

戻ったのだと。

しかし、だ。

「残念だよクラノシン」

「おれもそう思うよ、兄上」

「分かっているなら、いい」

そう、遅きに失したのだ。

今更だと言われても何も反論ができない。

「兄上、これは贖罪《しょくざい》や弁明ではない、という前提で聞いてほしい」

「なんだい？」

「結論から言おう。おれは、操られていた」

「なんだって？」

穏やかな話ではなかった。

ウジノブとクラノシンの、トウの国の王族同士……そして血を分けた兄弟同士の会話だった。

なので口を挟まずに聞いていたエリステイン魔法王国勢だが、操られていたと言われてしまっては傍観者ではいられない。

「そなた、落葉の魔術師で相違ないな?」

「うむ」

「その叡智も拝借したい」

「分かる範囲でよければ答えよう」

「それで構わない」

さて、と言いながら。

話す前にもう一度紅茶を飲んでのどを潤す。

「おれを操っていたのはヤチヨだ」

「ヤチヨが……!?」

その名前を聞いた時の、ウジノブの表情の変化は劇的だった。

信じられない、うそを言っているんじゃないか。

いたずらに名誉を毀損《きそん》するのは許さんぞ。

そう言いたげに、温厚なウジノブが眼光鋭くクラノシンを見やる。

しかし、クラノシンはその視線を真っ向から受け止め、ほんの少したりとも目をそらさなかった。

数秒。

根負けしたのはウジノブ。

知らず前のめりになっていた身体を、背もたれに預けた。

「本当なのか……」

「ご先祖様の英霊に誓って、本当だ」

しっかりとうなずく。

そしてレミーアを見た。

「おれは、自分がしでかしたことをすべて覚えている。すべて自分の意志でやったことは間違いない。コウノスケとモリヒメを斬ったこともだ」

その目にはわずかながら後悔がにじんでいる。

わずかしか後悔をしていない、というわけではないだろう。

後悔などと口にする資格がないから表に出さないようにしていたが、抑えきれなかったのだ。

「だが、おれはおれの感情を制御できなんだ。操られてからこっち、『そこまでする必要はなかった』所業が数多くあるが、それを止められなかった」

「……聞いたことがあるな」

レミーアは腕を組んだ。

タガが外れてしまい、自分では戻せなかったのだろう。

「血みどろの狂騒曲か……」

その言葉には、太一たちも大いに聞き覚えがあった。

それによって苦い思いもした。

「それは……っ」

シェイドの名を口にしようとして、思わずつぐんだ。

ここでいたずらに口にしていい名前かどうか、即座には判断できなかったからだった。

そう、血みどろの狂騒曲は、シェイドがかつて仕掛けたものだ。

彼女が自分のしわざだと認めたのだから、間違ってはいないだろう。

なぜそれがここで出てくるのか。

「なるほど、そういうものがあるのだな」

「ああ。ただ、どうやら不完全なもののようだ」

「不完全だと？」

「より完成度の高い術式になれば、術を受けたものはまるで獣のようになる。その術に囚《とら》われているうちの記憶さえも吹き飛ばしてしまうものだ」

「だから不完全だというのか」

「感情が抑えきれず衝動のままに動いてしまう。そしてそのことを今もなお覚えている。不完全だった結果、効果が弱くなったのだろう、と私は推測する」

「なるほどね。不完全だったのは不幸中の幸いかな?」

「いや」

レミーアは首を左右に振った。

効果が弱かったならよかった——とは一概には言い切れまい。

「完全なものだったなら、無差別に暴れて誰をどう殺したか分からん。仮に正気に戻ることがあれば、己がなした所業に自覚がないまま向き合うこととなろう。一方で不完全な場合、無差別な殺戮《さつりく》は起こさないだろうが、その分自意識が飛ぶことはない。正気に戻った時に、そのすべてに真正面から直面する羽目になる」

ちょうど、今のクラノシンのようにだ。

どちらが良くてどちらが悪いか。

これについては、発生した被害の大きさにもよるだろう。

だが、当人にとってどちらの方がマシか。

それは余人が決められるものではなかった。

「ふむ。ではおれの術が解けたのも?」

「不完全だったおかげで、自分の常識にない衝撃をきっかけに解除されたのだろうな」

完全なものは、太一が四大精霊シルフィードの力を借りて解除した。

その力はレミーアをして規格外としか言いようがないものであり、あれほどの影響力を持ち出さなければ解除できなかったということだろう。

それを、太一の剣を見て驚いて解除されたということなら、不完全なものだった、と推測できるのだ。

「そういうことなら、後者の不完全な術式でよかったな。何せ、自分のあずかり知らぬところで人を斬り殺しているなどぞっとしない。この手には、斬った者の感触が残っている。だからこそ、罪を罪であると認識ができるからな」

「しかし、こうなるとある意味では操られていたクラノシンも被害者、ということになるのかな?」

「まあ、そういう見方もできんことはない。下手人はこの男だろうが、そうさせた者がいる、ということだからな」

簡単なたとえでいうのなら、とある戦士をそそのかして村を一つ壊滅させた、という話に近いだろうか。

実際に村人を全滅させたのは戦士だ。

しかし戦士がそうするように仕向けた者が罪に問われないかといえばうそになる。

もっとも――

「それで、実行者の罪が軽くなることはないがな」

「その通りだ。兄上、下手におれをかばうと、足元が揺らぐぞ」

レミーアとクラノシンにたしなめられ、ウジノブは思わずたじろいだ。

レミーアはともかく、クラノシンにそんなことを言われるとは思っていなかったのだ。

「仕方あるまい。これがおれの、王族として、武人としての最後の矜持《きょうじ》だ。責任から逃れるわけにはいかんだろう」

「あっぱれ見事だ。なあ？」

ウジノブが口を開きかけて一瞬ためらう。

彼が何かを言う前に、レミーアがそう言ってシャルロットを見た。

「ええ。トウの国の王族は誇り高き武人であると、改めて拝見させていただきましたわ」

「……」

ウジノブは大きくため息をついた。

変なことを口走る前に見事に止められ、思わず苦笑い。

「クラノシン。操られた影響か何かで悪党になっていてくれたらよかったのに」

そうであったなら、彼を憎むことができたのに。

罪に向き合い、操られたことを言い訳せずにいるなど。

そんなことをされたら、家族の情がどうしてもわいてしまうではないか。

「だが、そうはならなかった。ならなかったんだ、兄上」

「……これ以上は、お前に恥をかかせるか。いいだろう、私も覚悟を決めるとも」

ウジノブも王太子として、王になるための教育を受けている男だ。

穏和な性格と振る舞いについ勘違いしてしまいそうになるが、彼も王としての振る舞いができる。

王族として覚悟を決めているクラノシンを前にして、国を背負うことになるウジノブが、みっともない振る舞いなんてできるわけがない。

「あとの説明は、兄上に任せたぞ」

「ああ」

ウジノブが指を鳴らす。

室外に控えていた騎士が二名、入室してきた。

「王太子ウジノブの名において、第二王子クラノシンを拘束する。連れていけ」

「はっ！」

騎士がクラノシンに手錠をかけた。

「クラノシン殿下。こちらへ」

「うむ」

クラノシンは騎士に逆らうことなくついていった。

この屋敷も王族が使っていたものであるからなのか、地下には規模は小さいながらも独房があるのだ。

どこの国もそうだが、貴族などはやはりそういうものも必要になってくる。

クラノシンが完全に出ていき、その気配がなくなってから。

「ふう……」

クラノシンは額に手をあて、天井を見上げた。

「胸中お察しいたします、殿下」

「ありがとう」

ひとつ息を吐いて、ウジノブは正面を向いた。

王太子たるもの、という気持ちがあったのだろう。

「しかし、ヤチヨがね……」

「ふむ。そのヤチヨという姫だけを気にすればよいのか？」

ウジノブ、コウノスケ、そしてクラノシンしか知らない。ヤチヨについては名前だけだ。

それ以外の王族についてはどうなのだ、とレミーアは問う。

「ああ、たぶんね」

あいまいな文言とは違い、ウジノブからは不安げな様子は見られなかった。

そう言い切れる何かがあったのだろう。

「他に操られている人はいないんですね？」

太一が確認するように問いかけると、ウジノブははっきりとうなずいた。

「私たちは五人兄妹だ。私、クラノシン、コウノスケと続くのはもう知っているね」

太一はうなずく。

その下、第四王子ヨシノトモ。

彼は成人と同時に王位継承権を破棄し、国一番の鍛冶師《かじし》に弟子入りして日々金づちで鉄と語り合っている。

王太子、第二王子、第三王子の全員が逝去しない限りは、永続的に王位継承権は破棄されるという契約だという。

王太子の代わりであるのになぜそれが許されたのかといえば、ヨシノトモは鍛冶の天才だというのだ。

実に陳腐ないいようだが、クラノシンが持っていた刀はヨシノトモが打ったものだと聞けば話は変わる。

「これ以上のを打てるのか……」

太一は横に置いていた自分の刀を手にする。

それは実に見事な一振りであり、刀に限らずに同等のクオリティの剣を探そうとするとそれなりに苦労するだろう。

「そうなんだ。修行を始めたばかりの見習いがこれほどの刀を打てるとなれば、国策として弟子入りするのもやぶさかじゃなかった、ということさ」

優れた武器は、国としては非常に重要だ。

これほどの才能を腐らせるには惜しかったということ。

「ヨシノトモは鍛冶《かじ》のこと以外に興味を示さない。もちろん政治もできるけど、王になるくらいなら金属を叩いていたいっていう、根っからの職人でね」

それに、国一番の鍛冶師は王城の敷地内に工房を持っているといい、その工房は王族といえど許可なく近寄ることは許されていない。

トウの国にとって刀はアイデンティティ。

みだりに現場を乱してはならないという法律になっているのだ。

そしてヨシノトモは、基本的に工房内の宿舎で寝泊まりをしている。

起きて鉄を打ち寝るという生活をしていて、つまらない用事では呼んでも城に顔を見せないらしい。

「なるほど。侵入も簡単にはできないということですね」

と凛。

「そういうこと。警備は非常に厳重だよ」

貴族はおろか王族ですら、王が発行する許可証がなければ近寄ることすらできない場所だ。

警備の言うことを聞かなければ王族だろうと取り押さえられる。

王族であっても捕らえよ、と国王が厳命しているからだ。

ヨシノトモ自身が鉄と金づちにしか興味がないのと、城の中でも王のプライベート空間に次いで厳重な警備体制という二重の理由から問題はないだろう、というのがウジノブの言葉だった。

納得である。

「で、最後の一人。クラノシンが名前を出したヤチヨは第一王女だよ。末妹になる」

ちょっぴりわがままだけれど、本が好きで暇があれば城の図書室に通い、読みたい本を探しているような妹だったという。

特に野心はなく、いずれはどこかの貴族に降嫁していくことを当然のごとく受け入れていた、とウジノブは言った。

「つまり、彼女にこのようなことをする動機も手段もないはずだ、と」

「そうなんだよ。だから驚かざるをえなかった。今でも信じられない気持ちだよ」

ウジノブはふう、とまたため息。

気持ちはしっかりと切り替えたはずだが、クラノシンを独房送りにしたことにはそれなりに堪えているらしい。

「しかし、クラノシンは言ったな」

「信じられずとも、疑わざるをえませんね」

レミーアが言って、ミューラが続いた。

「悲しいことにね」

兄妹を疑わざるをえないこの状況。

ウジノブの心境はいかばかりか。

レミーアをして気の毒だなと思う。

貴族や王族の後継者争いは別に珍しい話ではなく、兄弟間、もっと広がれば親族をも巻き込んで刃傷沙汰《にんじょうざた》というのは珍しい話ではない。

今もどこかの国でどこかの貴族が絶賛いがみ合っていたりするのだろう。

しかしそれはそれとして、実際にその現場に居合わせて懊悩《おうのう》するウジノブを相手に、「よくあることだから」なんて軽口を言えるわけがなかった。

◇◆◇◆◇◆◇◆

太一はろうそくの火を消してベッドに身体を投げ出し、天井を見上げた。

窓からは月の灯《あか》りが差し込んでいる。

頻繁に遮《さえぎ》られるので、今夜は雲が多いらしい。

まさかの血みどろの狂騒曲とは。
まったく想定していなかった。
シェイドが使った、人を操る術。
今回の件も、またシェイドが関わっているのだろうか。
（いや……）
そうとは、限らないのではないか。
血みどろの狂想曲の名前が出てきたからついシェイドが連想されてしまったが。
彼女は、こうもいっていた。
裏の世界《セルティア》にも、シェイドと同等の存在がいるのだと。
あの、まるで底が見えない闇の精霊と同等。同格。
もしかしたらだが、そのシェイドと同格の光の精霊が使った可能性はないだろうか。
「……ダメだ、否定できる要素がひとつもない」
やっていない証拠もないし、できないと証明したわけでもない。
可能性はどう考えても残ったままだ。
それに。
シェイドならば、聞けば応えてくれるだろう。
この瞬間に答え合わせができるかは別にして。

今はヤチヨのことを警戒するしかあるまい。

もしもシェイドならば教えてくれ……ないかもしれないと思いなおす。

これがまた太一たちの修行になるのだと判断したら、あえて情報を渡さないことだってありえる。

もう考えても意味ないだろうと思い、太一はごそごそと毛布をかぶって窓に背を向けた。

やったのがどちらであろうと、トウの国に現れている実害は消えないし。

それよりは、明日のためにはやく寝ておくことだ。

『起きて、起きてたいち』

「……ん？」

うとうとし始めたところで、シルフィが起こしてきた。

これから寝ようって時に声をかけてくるなんて珍しい。

冒険者として、必要があったらさっと起きる訓練は一応している。

なので、太一はぱっと上半身を起こした。

「どうしたシルフィ」

『地下に向かってる人がいる』

それを聞いた太一の行動は速かった。

手元に一番近かったミスリルの剣をひっつかみ、部屋から飛び出す。
「地下への道は⁉」
『アタシ分かるよ』
「任せた！」
『オッケー！』
太一は廊下を飛ぶように駆ける。
正面玄関前のフロアには、左右から上に上がる階段がある。
一階フロアを見下ろせるような吹き抜けになっている。
太一はそこをひょいと飛び降りて、シルフィが案内するままに屋敷の中を走る、走る。
道中に人はいない。
ぶつかる心配はないからと遠慮なく走る。
そしてたどり着いたのは屋敷の奥まった場所にある木の扉。
金属で鋲《びょう》が打たれているそれを開ける。
小さくきい、と音を立てるが、空気の層でそれを遮断した。
「いるな」
地下に続く階段が延びていて、この先に確かに気配がある。
二つまとまっている気配と、そこに接近している気配。

ここから先、足音で気付かせる可能性を排除し、浮いたまま移動する。

階段を降り切って、割と無遠慮に進んでいく。

そして進んだ先に現れた曲がり角の先を覗《のぞ》くと、曲がり角から続く通路の奥はさらに曲がり角になっており、その先には気配がふたつ。

そしてそのふたつの気配の様子をうかがっている、黒装束に身を包んだ人物の姿が。

「……！」

その黒装束が曲がり角を曲がったところで、太一は一気に加速した。

「なにも……っ⁉」

まず兵士は突如現れた黒装束の人物に驚き、次いで太一に驚いた。

本来よくないことだが、ちょっと気を抜いていたらしい兵士。

しかしさすがにずっと緊張感を保つというのは無理だろう。

だから完全に虚を突かれており、一撃で死んでいた、だろう。

黒装束の男が放った短刀が、兵士ののどに突き刺さっていたら、だが。

「なに⁉」

空中でカン、と弾かれた短刀に、黒装束の男が驚愕《きょうがく》する。声が男だった。

さすがに想定外が過ぎたのだろう。

本来感情を殺し、余計な声を発しないよう訓練している、陰に生きる男が声を抑えきれなかった。

そんな、コンマ数秒の隙。

しかし太一からすれば、それだけ時間があればじゅうぶんだった。

ごう、と黒装束の男の身体が炎に包まれる。

男が焼けないように温度を調節した、幻のようなもの。

しかし人間、いきなり全身が燃え上がれば瞬間的に動きが止まる。

男の真横に風の弾丸を生み出して放ち、壁に叩きつけた。

「がはっ！」

その間に太一は兵士と黒装束の間に割り込んだ。

すでに火は消えている。

男が受けたダメージは、風の弾丸を受けたのと、壁に叩きつけられたもののみ。

威力についてはかなり絞っているので、死んでいないことは確認済みだ。

「はいおしまい」

呻《うめ》いている黒装束に声をかける。

はっと顔を上げた時、立ち塞がるのは太一。

「兵士さん、上に行って報告を。ここは俺が」

「り、了解！」

独房の番をしていた兵士が立ち去る。

黒装束は動けない。

太一が発する威圧に動きを封じられてしまっていた。

このまま動きを封じてしまおうと、土の魔法を使って手足を拘束する。

「残念だったな」

「……」

黒装束の男は太一をにらみつけることもなく、ただじっとしている。

動いてももがく程度のことしかできないので、無駄なことはしないという感じか。

ずいぶんとできた影の者である。

まあ、暴れないなら面倒がなくていい。

「まさか、捕らえられたその日に刺客が送られるとはな」

独房のベッドに腰かけていたクラノシンが、深くため息をついた。

「刺客が来ること自体は分かっていたのか」

「まあ。精神操作していた対象がその術を解き敵に捕縛されたとなれば、口封じはするだろう?」

「ウジノブ殿下が守れなければ死ぬのに、平然としているな?」

「おれが犯した罪から考えれば間違いなく死罪だろう。はやいか遅いかだけの違いだ」

理解できなくはない。

太一がそういうことが平気でできる立場だったなら。

始末してしまうというのは割と普通の選択肢だと思う。

あいにくと言っていいのか、幸いと言っていいのか……。

日本で触れた数多くのエンタメの中には、そういう参考になる場面やキャラクターが普通に存在していた。

「おれの刑罰などどうでもよい。それよりこやつだ」

クラノシンに言われ、太一も刺客を見た。

「いくらなんでもはやすぎる。おれが捕まってやっと四半日だ。だいたい今くらいに報告が届いて、暗殺者の手配が済んだところだろう」

この国で為政者《いせいしゃ》をやっていた人間の言葉だ。

他国どころか別の大陸からやってきた人間にはつかみきれない土地勘。

風習。

文化。

そういったものを無意識のうちに加味して出した答え。

太一は大いに説得力を感じた。

「そして暗殺者が今夜中にこの街に忍び込んでいるまではあるだろうが、普通はもっと慎重になるものだ。最低でも一日二日、場合によっては時間をかけて調査をしてもおかしくはない」

なるほど。

それはそうだろう。

急いだ結果失敗しました、なんてクライアントは聞きたくないはずだ。

クライアントが聞きたいのは、多少時間がかかっても「確実に仕留めてきた」という報告だ。

暗殺者の方だって、急《せ》いてことを仕損じた、なんてクライアントに言えるはずもない。

慎重を期した結果、少し時間はかかったものの、無事に任務は遂行してきた、といえた方がいいに決まっている。

「てことは……」

「そうだ。これを差し向けてきたのは……」

「そうです、わたくしです」

ふと背後から響いた声に、太一は剣を抜いて突きつけた。

剣の切っ先から二メートルほど離れたところに立つ少女。

年の頃は太一たちと同じくらいか、少し幼いだろうか。

艶やかな黒髪。

まるで日本人形のようだ。

きっと可憐だったのだろう。

くすんだ肌、目の下に大きな隈《くま》と、よどんだ目でなければ。

「まさか失敗するとは思っていませんでした。見誤っていましたね」

「お前が……」

「はい、わたくしが、トウの国第一王女ヤチヨでございます」

「ヤチヨ……」

クラノシンが思わずつぶやく。

「ふふ、本当に解除されてしまっていますね。操られていたことを自覚していては、かけなおしもできませんし。してやられました」

と言う割にはあまり気にしていなさそうだ。

「ずいぶんと余裕そうだな」

「ええ。わたくしの目的は今のところ順調ですので」

クラノシンという手勢を失ったのは大したダメージではないと。

結構厄介かもしれないと、太一は気を入れなおす。

「ああ、ちなみにですが、今のわたくしには何もできませんので悪しからず」

「どういう意味だ」

「どうもこうも、これはただの幻影ですので。そちらからの攻撃が無意味な代わりに、できるのは話すことだけ、ということです」

相手が女性だから手は上げないとか、敵対した相手に対してそこまで気を遣ったりはしない。

太一は鋭い一歩で間合いに捉え、剣の腹で足を刈り取った。

のだが。

「……本当に幻影だったか」

しかし太一の剣はヤチヨを素通りした。

「ご納得いただけたようで何よりです」

しかし、とヤチヨは顎《あご》に指をあてた。

「すさまじい踏み込みでした。クラノシン兄上以上ですね」

「そいつはどうも」

「ですが、今のわたくしには効果はない。偽物ですから」

「みたいだな」

「ご安心ください。もう目的を達したので、この幻影を消しますから」

「目的って、クラノシンの暗殺成功を確認するためか」

「ええ。ですがそれは叶いませんでしたので、せめてわたくしの目論見を防いだ方とお話ししてみようかと」

「そうか。目的は達したか？」

「ええ、じゅうぶんです。それでは……」

ヤチヨの身体が薄くなっていく。

ゆっくりとだが、確実に透明度が高くなっている。

なるほど、幻影はこういうふうに消えるのかと、ひとつまた勉強になった。

「ふふふ、では、またお会いいたしましょう。もしも、わたくしの元までたどり着くことができたら、ですが」

「ああ……最後に言っておくよ」

「なんでしょう？」

「俺も時間稼ぎが成功した、とだけな」

終始余裕そうだったヤチヨの顔がぴくりと反応する。

それを引き出しただけで、この駆け引きは太一の勝ちだ。

一度切った術式を再度起動することはできないらしい。

ヤチヨはそのまま消えていった。

「……まじで幻影だったんだな」

跡形もなく消えていた。

もともと存在感自体もなかったので、そういうものだったのだろう。

「ヤチヨめ、何を考えている……」

言いたい放題言って消えていったヤチヨに、苦々しい思いを吐露するクラノシン。

しかし彼はすぐに立ち直り、太一を見た。

「お前の時間稼ぎ、ブラフではないのだろ？」

「ああ。逆探知だよ。あれは間違いなく遠隔で会話していた感じだった。だから、どこかから魔力が届いてるんだと予測したんだよ」

幻影にどこかから伸びる魔力のラインを見つけたので、それを追いかけていたのだ。

だから、ヤチヨに会話をさせていた。

正直内容はどうでもよかった。

ヒントになることなんて話さないだろうと思っていたので、逆探知することに集中していたのだ。

「なるほどな。恐ろしいやつめ」

逆探知と簡単に言われてもクラノシンは困る。

この国にも魔術師はいるが、国一番と評判の魔術師であっても同じような真似は不可能だろう。

太一はシルフィ、ミィ、ディーネ、サラの力を借りたのでズルといえばズルかもしれない。

まあ、これもまた太一の力なので、ズルだと言われても諦めてもらうほかないわけだが。

どやどやと人の気配と足音が近づいてくる。

事態は、急速に進みそうだ。

第百五話　黒穴とユグドラシル

地下にやってきた兵士たちに色々と説明をしてからその場を任せ、太一は急ぎ足でウジノブの部屋に向かう。

シャルロットの部屋に向かうのが雇用の関係から筋なのだが、うら若き女性、しかも王族の部屋に深夜に向かうのはいただけない。

いくら護衛がいようとも、だ。

ウジノブの部屋に向かう途中で太一を見つけた騎士が呼び止めた。

「冒険者殿、こちらへ。ウジノブ殿下がお待ちです」

「分かった」

待っているというなら話ははやい。

太一は素直に案内を受ける。

向かった先は屋敷の会議室。

そこにみんなが集まっていた。

「お手柄だったようだね」

どうやらウジノブは簡単に話を聞いていた模様。

「たまたま気付いただけです。気にしないでください」

太一はそう言った。

お手柄と言われて褒美が渡される可能性があった。

しかし、それを太一はシャルロットに——ジルマールに雇われている身。

報酬はシャルロットを通す必要があった。

実際には大したことをしたという認識はまず無いので、本当に気にしないでほしいのだが。

まあ、ウジノブも王族である以上当然ながらメンツを気にしなければならない。

言及なしとはいかないのだろう。

なのでそこは、両国の王族同士でやってほしい。

何かがもらえるかとかもらえないとか、正直興味はない。

今は個人資産でいくらあるだろう。

大して興味が無いので口座の額は流し見しているだけだ。以前見たときは一〇億を超えていた。

これが日本だったら一喜一憂していただろうけど。

この世界ではいくらでも稼げると分かっているので不安がないのだ。

それに、本気で稼ごうと思ったらこんなものではない。

「それで、詳細を説明してもらえるだろうか」

「分かりました」

地下室で起きたことを説明する。

地下の独房に向かう侵入者に気付いて急いで追ったこと。

あと少しでクラノシシンに襲いかかるかというところでなんとか間に合い、無事に阻止したこと。

その際、ヤチヨの幻影が現れて少し会話をしたこと。

ヤチヨとの話では大した情報は得られなかったこと。

幻影の先のヤチヨとはリアルタイムで会話をしていただろうことから、逆探知を仕掛けたこと。

無事に探知は成功し、ある程度の目星をつけられたこと。

「誰か、地図を」

そこまで話を聞いたウジノブは、臣下の兵士に命じて地図を持ってこさせた。

この世界での地図は、地球の地図とは価値がまるで違う。

ある程度詳細な地図は、重要軍事機密として定められ、持ち出しはおろか閲覧すらも法律で厳しく規制されていることがほとんどだ。

兵士が、大きなテーブルの前に、持ってきた地図を広げた。

その地図を、国外の人間である太一たち、この場の誰よりも隠すべき他国の王族であるシャルロットの前で広げた――

機密事項を見せてでも、解決すべきだと一瞬で判断したのだ。

何を優先すべきかを見過ごさず、大胆な決断ができるこの胆力こそ、彼が王太子として指名された理由の一端でもあるのだろう。

「それで、その時に逆探知？　を仕掛けたと聞いたけれど、相手の居場所を探る手段、という解釈でいいのかな？」

「そうですね」

「すごい技術だ。――それで、どこになるのかな？」

本命の話はそれだ。

だからここに地図が広げられているのだ。

「えっと、この辺ですね」

太一が指さしたのは、ソウガから北にいった森の中だ。

すぐそばが海となっており、島の最東端となる岬があった。

「ふむ、ここか……」

「何か特徴でもございますか？」

シャルロットが問うが、ウジノブは首を左右に振った。

「特に何かあるわけじゃないよ。強《し》いて言うなら、この辺は国内で魔物がもっとも強力な地、というくらいかな」

「ということは、人がめったに入り込まない土地、ともいえるか」

「そうだね。ここに入り込める冒険者はごく一部なうえ、依頼もなかなか出ないため滅多に訪れる人はいないだろうと聞いたことがあるよ」

高ランクな魔物が出没する土地は、えてして自然資源も豊富だ。

なので人間であれば是が非でも利用したいところだろう。

しかし、ここに入り込める冒険者の数の絶対数が足りないため調査が進んでおらず、情報がまず少ない。

もっともっと調査をしたいと考えるのは、行政も民間も同様だ。

しかし危険なので冒険者もなかなか行きたがらない、というように、結構現場は大変な様子だ。

ともあれ、そんな場所なので何かを隠すにはもってこいというわけだ。

「なるほどな。では、まずはここに行ってみるのがいいか」

「危険だけど、大丈夫かい？」

「問題ございませんよ。わたくしやウジノブ殿下を護衛しながらでも平気だと考えていますが、所見はいかがですか？」

「そのくらいなら問題ないだろうな」

シャルロットに問われ、レミーアが答えた。

これで、話の着地点は定まった。

「動くならはやい方がいい。やっこさんの想定を外せれば外せるほどよいからな」

「なるほど」

軍事方面にはそこまで強くはないというウジノブだが、交渉事において、相手の想像を超えるのは有効だという理屈は理解できたらしい。

行軍作戦においても、それは当てはまるのだと。

「では行ってみようか」

まだ深夜。

向こうがどんな想定をしているかは分からないがさすがにすぐに着くとは思っていないだろう。

「タイチ」

「分かった」

ここは空を飛んでいく、ということだろう。

力業でいいなら、太一はそれを実現させるだけの力がある。

全員で庭に出る。

「ほい」

指をくん、と上にあげると、ゴンドラができた。

腰よりも高い位置に縁があり、さらに座れるように段差にもなっている。

一〇人が余裕をもって乗れるくらいのものをイメージした。

メンバーは凛、ミューラ、レミーア。

シャルロット、テスラン。

そしてウジノブと、彼とシャルロットを護衛する兵士四人だ。

詰めればもう五人くらいは乗れるだろうが、そんなぎゅうぎゅうで行くこともないのでこれでいい。

非常に簡易なつくりだが、ごく短時間しか使わないのでこれでじゅうぶんだ。

「ふむ、じゅうぶんだな」

出来上がったゴンドラをコツコツと叩いて、レミーアがひとつうなずいた。

レミーアは、太一がつくったものが脆《もろ》いわけがないと分かっている。

それはレミーアのみならず、エリステイン魔法王国の人間の共通認識だ。

しかしこれはトウの国の王太子も乗る。

なればこそ、彼らに向けてのポーズも必要というものだ。

続々と乗り込んでいく。

シャルロットとテスランが乗ったことで、これが安全であるというのは証明になってくる。

大国の王族が、得体の知れないものに身を預けられるわけがないのだから。

「それじゃあ、上昇～」

あえて間延びした声で言ってからシルフィに願うと、ゴンドラがゆったりと浮かび上がり、屋敷の屋根よりも高いところまで来た。

兵士たちが驚くも、落ち着き払ったシャルロットを見て大丈夫だと確信したのだろう。

ウジノブが冷静になるようにたしなめた。

「問題ないようだね」

「わたくしもこうして乗るのは初めてですが、大丈夫だと聞いております」

「この移動方法は何度もやっている。そうだな？」

レミーアが聞けば、うなずいたのは凛とミューラ。

これまでも、移動時間を短縮したい時や、大きなものを移動させる時にはこの方法を使ってきた。

積載量、速度共に小型ジェット機みたいなものだ。

とはいえそんなスピードで動かすと刺激が強いので、徐々に速度を上げていく方式をとる。

高空は飛ばさず、速度もそこまで出さない。

それでも、ここから兄弟岩まで行った時の数倍の速度は出ている。

速すぎても逆に分からなくなってしまうので、そこそこのスピードで。

地上を行けば夜明けまでに着くかどうかの時間だろうが、空を飛んだらあっという間だ。

「よし。着陸～」

合図を出してゴンドラをゆっくりと下ろす。

ゴトンと地面に着地するゴンドラ。

衝撃が少なくなるようにはしたものの、やはり重量はあるのでそれなりの音がした。

もっとも、そんな音を漏らすような失態を犯すことはないけれど。

ここは森の中。

太一だけなら迷っていたが、四大精霊たちの力を借りれば正確にたどり着くのは難しくなかった。

「ここはどの辺りだ？」

上が開けているので夜空がはっきりと見えていて、月の明かりが時折差し込んでくるので明るい。

着陸しようと開けた場所を探したらここが一番近かった。

「この辺かな」

太一の感覚ではなく、シルフィたちに協力してもらって割り出した位置。

逆探知で割り出した地点からは、森の中の行軍を考えて徒歩だったら二〇分というところか。

敵の拠点と考えるとかなり近い。

「じゃあ、僕とシャルロット殿下はここで待っているよ」

この采配は、王族として前線にいるべきだと主張する二人と、行かせたくないテスランはじめ護衛たちとの平行線の話し合いを見て、レミーアが折衝案を出し採用されたものである。

ここまでは連れてくる。

しかし高い確率で戦闘になるだろう敵のところまでは同行しない、というもの。

レミーアが、これだったら呑《の》んでもいい、と言ったので、シャルロットとウジノブはうなずいたわけである。

それはつまり、この森の中で待機していることになる。

もちろんこの危険な森でこんなところに置いていくのはなかなかリスクがあるが、それは当然ながら対処法があるからだ。

具体的には、セルティアで構築した簡易拠点。

「よし、こんなもんか」

太一が手を適当にかざすと、これまで乗って来たゴンドラがみるみる上まで延びて、一軒の家になった。

真四角の小屋。太一はまるで豆腐だな、と思った。

我ながらセンスがないが仕方ない。豆腐ハウスとでも名付ければいいかと内心で思ったのはここだけの話である。

この壁の強度はすでに実証されている。

そんじょそこらの魔物の攻撃ではびくともしない頑強さ。

室内は王族であるシャルロットとウジノブのプライベート空間が完全に確保されており、他にも兵士たちが休むことができる、簡易ながらそれなりに配慮が行き届いたものだ。

人間の文明が一切届かないこの自然のど真ん中で、安全に過ごせることが果たしてどれだけ贅沢かと、兵士たちが口々に言う。

こんなところで快適な時間なんて過ごせはしない。

この豆腐ハウスから一歩出れば、そこはもう人間の領域ではないのだから。

兵士たちがせめてこれくらいは、と持ってきた物資だけが頼みの綱である。

「後は自分たちでなんとかできるだろう？」

レミーアが言えば、兵士たちはうなずいた。

こんな建物を用意してもらって、それでだめだったなんて言えるはずがない。

普通の野営とは安全確保の度合いが桁違《けたちが》いなのだから。

「よろしい」

ここからは、太一、凛、ミューラ、レミーアのいつもの四人だけが先に進む。

さあ、鬼が出るか蛇が出るか。

あのヤチヨのしでかしたことを考えれば、一筋縄でいくかどうかは分からない。

「一気に行った方がいいと思うんだけどどうかな？」

「そうね。それでいいと思うわ」

凛とミューラの意見が一致している。

「よし、それでいこう」

レミーアが同意したことで、方針が決まった。

「そうですね。そちらもメリットが大きいですからね」

「タイチ、方向は」

「あっち」

「では行こうか」

太一たちはまっすぐうっそうと茂る森の中に飛び込んだ。

そのまま身体能力に任せて幹を蹴り、枝に飛び乗りと、パルクールのようだ。

もっとも、この場合は異世界版パルクールというべきだが。

なぜなら何の道具もなしに、ちょっと水たまりを飛び越えるようなノリで高さ一〇メートルはあろうかという枝に飛び乗るなんてことはできないからだ。

急ぐとなればこうするのが一番早い。

「あそこだ」

太一が右手を水平に上げたことで、全員が減速して停止する。

特に代わり映えのしない森の中にある、拓けた場所。

しかし木々の間からは、四名の人影が見て取れた。

全員がこちらに背を向けていて、気付いていないように見えた。

それに、特に強そうには見えない。

「罠《わな》は？」

「当然、警戒だ」

奇襲をかけられそうではあるが、その対策を何もしていないことなんて楽天家はここにはいない。

隙だらけに見えるのは、そうできるだけの準備があるから、とも考えられるからだ。

「はい」

「分かりました」

強そうには見えなくとも。

それで油断して敵の手中に陥るなんて愚者の選択はできない。

そんな無様な真似をしているようでは、これまで積んできた経験はなんだったのか、という話にまでなるからだ。

全員武器を手に取る。

太一はとりあえず刀の方を。

ミューラは剣を。

レミーアと凛は杖を。

そして木立の間から、人影の方に向けて隠れることなく姿を見せた。

「こんばんは。いい夜だな」

太一が声をかけると、人影たちは弾かれたように振り返った。

男が三名。

そしてひとりは見覚えのある少女。

ヤチヨだ。

「……まさか、こんなにはやく到達するなんて思いませんでした」

彼女は驚きを隠さずに言った。

完全に想定外だったらしい。

それはこちらの動きが、思っていた以上に速かったからだろう。

実際、ヤチヨの幻影と話してから数時間と経っていない。

まだ夜も明けていないのだ。

「ここまでだ。抵抗すると痛い目を見るぞ」

「あら、話は聞いてくださいませんの？」

「言いたいことは取り調べで話しなさい。あたしたちは、あなたの目的などに興味はないわ」

嘘である。

興味がないわけがない。

何せ血みどろの狂想曲の名前が出てきたのだ。

本当に血みどろの狂想曲なのか。

それが本当に血みどろの狂想曲でも、そうでなかったとしても、なぜ彼女がそれを使えるのか。

聞きたいことはたくさんある。

しかし、ここでそんな興味を示してしまえば、相手に時間を与えてしまうのだ。

ひとまずは無力化、拘束してからでも遅くはない。

太一は、ヤチヨの腰にある短剣に目を向けていた。

自害されるのは面白くない。

今更人死にをみたところで狼狽《ろうばい》しわめくような太一と凛ではないけれど、彼女が自害するところを別に見たいわけじゃない。

それに、ここまで来て被疑者死亡で謎は謎のまま、なんて、いったいどんな無駄足なのか、と思うわけで。

太一たちがどんどんと戦意を高めていったために、ヤチヨの護衛と思われる三人の男たちは尻もちをついたり、冷や汗を流したりしていた。

逃げないだけで大したものである。

「……ふう、仕方ありませんね」

ヤチヨはため息をついた。

推定だが、精神干渉が可能なヤチヨ。だからこそ、人の感情の機微に敏感である、という説明には納得ができる。

身体つきも立ち居振る舞いも戦闘の素人であろうヤチヨ。

彼女が所持しているナイフは、武器というよりは護身用。

そして、貴族の娘が尊厳を穢《けが》されそうになった場合の自決用だろう。

貴族の婦女子が短剣を持っている理由は、つまりそういうこと。

戦うための訓練を積んでいるのならまだしも、多少の護身術程度では、ナイフで戦うなど無謀以外のなにものでもない。

「抵抗は、させていただきましょう」

護衛たちは戦いの経験があるからこそ、太一、凛、ミューラが放つ戦意に耐えられなかったのだろう。

使い物には見えなさそうである。

「本来はこんなところで使うはずではなかったのですが……」

言いながら、ヤチヨが左腕を天にかざした。

その細い腕には腕輪が取り付けられており、真ん中にはめ込まれている濃い紅色の宝玉が輝き始めた。

「この色は……！」

ずん、ずしんと。

ヤチヨたちの背後から、木々をなぎ倒す重たい足音が聞こえてきた。

太一とミューラが凛とレミーアをかばうように立ち、近づいてくる足音に備える。

果たして、現れたのは二体のレッドオーガだった。

「これは……」

見た目も、エリステイン魔法王国で見かけたレッドオーガに非常に酷似していた。

かつては敗北し、一時は死を覚悟した敵である。

一年ちょっとの時を経て再び相まみえることになろうとは思わなかった。

「これらは普通のオーガとは違います。使うつもりはありませんでしたが、わたくしの護衛も戦えなさそうですし、仕方ありません」

ここで捕まるわけにはいかないと出してきた、ヤチヨの奥の手である。

「この護衛たちもかなり腕が立つのですが……戦う前に格付けを済ませてしまうとは思いませんでした。……あなたがたが強いからいけないのです」

恨むなら、こんなものを出させた己の強さを恨みなさいと、そう言わんばかりだ。

「ふむ……リン、ミューラ」

「はい」

「お前たちに任せる。あの時の雪辱、果たしてみせろ」

かつて対峙《たいじ》したレッドオーガの強さは、凛もミューラも、そしてレミーアの記憶に鮮烈に焼き付いている。

逆に言えば、強さがかつてのものと変わらないのであれば。

「分かりました」

「あたしたちでやればいいんですね」

レッドオーガを前にしても泰然としたままの凛とミューラに、ヤチヨは嫌な予感がしたのだろう。

しかしもう、状況は止められない。

「ぐげげっ」

レッドオーガが鳴いた。

懐かしい。

あの時の記憶が思い出される。

かつては攻撃が通用せずに絶望を味わわせられた敵。

だが、今ならば。

凛とミューラはうなずき、一気に魔力を練り上げた。

魔力が渦を巻いた。

まずは凛の魔力が、人類としては最高峰まで高まる。

そこまではレッドオーガも余裕そうだった。

しかし、続いて氷の魔力に変換してさらに高めていく。

人間の言葉を喋《しゃべ》れないだけで、知能は高そうだと思っていた。

どうやら凛の魔力についても理解ができるらしい。

同じような変化をたどったのはミューラも同様だ。

二人とも、精霊魔術師になる前と比べれば、単純に出力が一〇倍にもなっているのである。

以前は八方手を尽くして、すべて跳ね返された。

しかし今はそうはいかない。

こんな相手に、足止めされるわけにはいかないのだ。

レッドオーガの顔が驚きに染まった。

凛とミューラの魔力が、空間が揺らぐほどに高まっているからだ。

すでにヤチヨの護衛たちは気を失っている。

ただでさえすでに戦う意志を失っていたところだ。

この魔力に闘志を乗せたらそうもなろう。

ミューラが剣を振り上げた。

地面から岩の槍《やり》が伸びてレッドオーガの胸元を突きあげて串刺しにした。

そう、まるでモズのはやにえのようだった。

一方の凛は、杖の先に生み出した氷の剣で切りかかる。

レッドオーガが気付いた時には、すでに凛は眼前にいた。

最期にモンスターの目に映った光景は、己に迫る氷の剣だった。

レッドオーガの首が飛ぶ。

子供が蹴ったボールのように、ぽーん、と。

剣士のミューラが距離を詰めずに倒し、魔術師の凛が距離を詰めるという逆転現象が面白い。

ともあれ、一撃だった。

かつての、敗北必至の大苦戦が嘘のようだ。

間違いなく過去あった経験だったのに、今はもう夢のようにすら感じられる。

「そんな……」

ヤチヨは信じられないと、三歩ほど後ずさった。

本人も気付いていない、無意識下での行動だ。

そりゃあ怖気づくだろうというもの。

虎の子のはずのレッドオーガが瞬殺だったのだから。

「いったいどこから手に入れたのやら」

シェイドの関係者であればレッドオーガを用意することは可能だ。

ならばこのヤチヨも関係者か？

いや、それはないだろう。

「倒されてしまうなんて……いけない、これでは……っ！」

その時。

ぱきんと何か割れる音。

ヤチヨの腕輪が割れて地面に落ちた。

「そ、そんな……はっ!?」

ヤチヨが恐る恐るといった様子で振り返る。

ぶううん、と。

たとえるなら何らかの大きな機械が動く重低音。

そんな感じの音が響いた。

ごう、と魔力が渦巻く。

それは、凛とミューラの強大な魔力に満ちたこの空間においてなお、異質なものだった。

「タイチ、リン、ミューラ！　魔力で防げ！」

師の言葉を受け、三人は自身の周囲にまとわせた。

ぞわぞわと鳥肌が立つような、まるで浸食されているかのような不愉快さを覚える魔力だった。

気絶しているヤチヨの部下たちは、きっと幸せだっただろう。

こんな魔力をまともに受けたら、頭がおかしくなってしまったとしても不思議ではない。

それほどの重圧をもった魔力の暴風だった。

「ああ……まだ早いというのに……！」

ヤチヨは髪を振り乱し、かきむしって嘆いていた。

魔力による影響を受けているようには見えない。

彼女が何を嘆いているのか。

その答えはすぐに分かった。

ヤチヨの背後二〇メートルほど先の空中に、黒い穴が現れた。

まるで「ずっとここにありましたよ」というかのように平然とした様子で。

見ているだけでぞわぞわと背筋を不快感がはい回るような圧倒的な『黒』が。

突如現れたのだ。

「……！」

「あの腕輪はいったい……」

「あれは、セルティアからのゲートを開く鍵なのでしょう」

「っ!?」

背後から突然聞こえた、覚えのある声。

振り返ると、そこにはかつてエルフの里で出会ったユグドラシルがいた。

いつの間に。

まったく気付かなかった。

「色々思うところはあるでしょうが、まずはあのゲートを対処します」

ユグドラシルが太一たちよりも一歩前に出た。

「どうにかできるのか？」

「時空間を操る術の応用で、ゲートの開通を遅らせることができます」

「それって、ふさげないってことじゃん」

「ええ、そうですね」

そんなんでいいのか、と思ったのは太一だけではない。

凛もミューラも、レミーアも同様のことを思った。

全員が様々なことをいったん横に置いて目の前のことに集中しようと思った矢先に、まるで出鼻をくじかれた気分だった。

「そ、そんな真似はさせません……！」

ゲートをふさぐ、という言葉を聞いたのだろう、弾かれたように振り返ったヤチヨが、血走った目でユグドラシルにつかみかかった。

ユグドラシルはアルガティと同格、明らかに太一たちよりも格上の実力者なのだが、そんなことさえも分からないようだった。

理性を失っているのではと思うほど。

ユグドラシルがそっと人差し指をヤチヨに向ける。

一瞬で意識が落ちたヤチヨが、地面に倒れる。

眠らせたらしい。

「かわいそうな人の子。少しの間寝ていてくださいね」

ヤチヨにかけた言葉には明らかな慈悲があった。

ユグドラシルからすれば、ヤチヨも被害者ということだろう。

「さて。それでは手伝っていただけますか？」

ユグドラシルの言葉に面食らったのは太一たちだ。

時空間を操る、なんて真似をしようとしているユグドラシルの何を手伝えばいいというのか。

シャルロットがここにいれば話は別だろう。

が、ユグドラシルほどの実力者が助力を求めるようなステージに立つには、シャルロットは地力不足だ。

「俺たちに、時空間に干渉なんてできないぞ」

「ええ、そうでしょうね」

ユグドラシルは素直にうなずいた。

「ワタクシがお借りしたいのは、皆様の魔力です」

「魔力、ですか？」

凛が不思議そうに首をかしげた。

ユグドラシルが全身にみなぎらせている魔力の強大さは、言葉にするのも難しいほどだ。

これだけの力があって、それでも足りないというのだろうか。

凛の疑問を察したのだろう、ユグドラシルがいう。

「このゲートには、本来はワタクシとアルガティで対処するように、シェイド様から命令が下っておりました」

「アルガティと？」

うなずくユグドラシル。

「こちらのゲート、大きさだけを見ると大したことなさそうに見えますが、相当強力にこの地に定着しています」

もはや引っぺがすこともできないと、ユグドラシルはいう。

「それに、これはワタクシに迫る実力の術者が構築したゲートです。これに干渉するには、術式に用いられた魔力以上のリソースを必要とするのです」

「なるほど……」

レミーアは顎《あご》に手をあてて考えて、うなずいている。

納得のいく話だったらしい。

なるほど、相手の術を上書きするには、用いられた以上の魔力で塗りつぶして主導権を奪うといった方法になるだろう。

他人の術を奪うのは、手間とリソースに対して得られる対価が少ないのでやる意味はないが、術を奪うこと自体は理論上可能だ。

自分と同格に近い魔術師が組んだ魔術を奪うのが大変だというのは理解できる。

「それで、アルガティと共同でこのゲートを処理しよう、て話だったんだな」

なんとなく話が見えてきた太一である。

それは太一だけの話ではなく、凛も、ミューラも、もちろんレミーアも気付いている。

「そうです。ですが、皆様がこの国にいらっしゃるということで役割を交代していただくと……」

「……そんなこったろうと思ったよ」

はあ、とため息。

手伝うことが嫌なのではない。

「……その様子だと、やはり何も聞いていないのですね」

案の定、何も言われていない。

一言くらい、言ってくれてもいいじゃないか、と思わなくもない。

「現地でワタクシが説明すればよい、というシェイド様のご判断だったのでしょうね」

シェイドからすれば、このゲートの対処ができるのならアルガティである必要はなく。

もっと言えば、別の方法でこのゲートをどうにかできるのなら、別にユグドラシルである必要すらないのだ。

「その分、アルガティがシェイド様の手となり足となり動いているはずですから」

なるほど、ここを逃れられても、仕事からは逃げられるわけではないようだ。

「では、はじめます」

ユグドラシルが右手をゲートに掲げる。

ゲートの周囲の空間がゆがむ。

ユグドラシルが込めた魔力と、ゲートが放つ魔力が絶賛激突中だ。

どちらの魔力も強大であり、すさまじい光景となっている。

「むう……やはり相当強力な術で構築されたゲートですね」

ユグドラシルの魔力と、ゲートが持つ魔力が反発しあい、火花を散らすようだ。

ゲートの方は、己への干渉を防ごうと魔力が盾になっており、一方ユグドラシルはゲートに干渉しようと魔力で穴を開けようとしている。

「それでは皆様、ワタクシとともに魔力を……」

ユグドラシルが言う。

これ以上は、彼女だけでは抑えきれないということ。

「ゲートに向けて魔力を放つようにしてくだされば、それで問題ありません」

今回触れなくていいのは正直ありがたい、と思ったのは太一である。

前回はただの木だったから気にせず触れられたが、今回は女性の姿のままである。

なので触れるにはためらいがあった。

その辺の機微を察したのかどうかは分からないが、ユグドラシルは接触の必要はないと言ったのだ。

ひとまずは一当て。

太一は魔力に攻撃の意志を込めて放つ。

魔力を弾丸として攻撃力を持たせることはできるが、太一はそれを会得していない。

実際にはそれを会得する前にエアリィ――今のシルフィと契約できたので、必要なかったのだ。

とはいえ、だからといって無害、ということはない。

例えば魔力で威圧してそれが相手に効けば、相手が一歩も動けなくなる、といったこともある。

「これは……！」

ユグドラシルが抑え込み、干渉しようと中に刺し込もうとしているナイフが、強い力で押し戻されている感じだ。

すごい反発力。

「皆さんも魔力で抑え込むようにしてください。細かい調整はこちらでやりますので、力業で構いません」

これまで鍛錬では繊細な制御をすることが多かった。

しかし今回は、出力を出すことが求められる。

「タイチ。私たちはほどなくして力尽きる。後は任せるぞ」

それは絶対的な魔力量の差によるもの。

仕方のないことだった。

「分かった」

「よし。……リン、ミューラ。ぶっつけ本番なのが悔やまれるが、全力だ。いいな？」

強すぎる力を十全に操るには訓練が必要だ。

だから、これまでは出す力をある程度制限していた。

例えばだが、五〇パーセントの力も扱えないようでは全力一〇〇パーセントなんて論外、ということ。

厳密な数字は違うが、分かりやすく言うならこういうことである。

扱い切れない全力なんて、暴走と一緒だ。

凛もミューラも、そしてレミーアも。

力を全開にしたことはなかった。

しかし今、その全力が求められている。

それがアルガティの代わりならなおのこと。

リスクはある。

しかし、それを乗り越える時が、今来ただけという話。

「はい！」

「分かりました！」

二人の声からもやる気が溢れている。

「精霊よ！」

「お願い！」

「頼むぞ」

三人の周りに精霊が顕現する。

凛とミューラ、気迫一閃《いっせん》。

「はあああああああっ!!」

精霊の力を借りて、一気に魔力を増幅。

まだまだ全力ではない。

こんなものではないのだ。

魔力がぐんぐんと膨れ上がっていく。

しかし、間を置かずに限界が訪れたようだ。

「ぐ、くっ……いけぇえっ!!」

凛は歯を食いしばって両手を前に掲げ、高めた魔力を固めて放つ。

「こっちも、よっ……！」

ミューラもまた間を置かずに魔力を放出した。

二人の魔力を追いかけるように、レミーアもまた。

「そら……私のも、持っていけっ！」

レミーアとて余裕は無さそうだ。

さすがの技量で凛とミューラほどのつらさはないようだが、つらくないわけでもない、
というところか。

「人の身ながら見事な魔力です。後はお任せください」

これだけ派手な魔力放出と比べて。

一方のユグドラシルは魔力が漏れている感覚がない。

明らかに桁違《けたちが》いの強力な魔力を操っているのが分かるのに、ユグドラシル自体からは魔力を感じないのだ。

これはもはや、存在の格の違い、というものだろう。

人の身でありながら、魔力の扱いを世界樹と比べるなんて無謀にもほどがあるということ。

もしくはもっと単純に、世界樹だからそういうもの、なのかもしれないが。

凛は目が充血しており、杖がなければ今にも倒れそうだった。

ミューラは地面に手をついて気絶寸前という様相だ。

レミーアもまた、尻もちをついて後ろに手をやり、息を荒げていた。

彼女たちのことは気になるが、太一もよそ見ばかりしていられない。

「さて、俺もだな」

三人が気合を示したのだ、太一もここは意地の見せどころだろう。

さあ、せっかくだ。

「これまで考えるだけだったことを、試してみるか……！」

アルガティの代役なのだ。

彼とは決着がついていない。

一度は勝ったが、彼はすべての実力を発揮していたわけではなかった。

すべての力を発揮できなかったのは、契約精霊が二柱だった太一も同様。

だが、四柱と契約できた今なら勝てる、なんて放言をするつもりはなかった。

シルフィ、ミィ、ディーネ、サラが順番に顕現する。
「……てことを考えたんだ。どうだ？」
『ふうん、そんなこと考えてたんだ。面白いね』
『うん、ボクはいいと思うよ！』
『しかし、大変では？』
『オレたちの契約者だ、このくらいはやってもらわないとな』
彼女たちの発言はそれぞれの性格通りだけれど、肯定的だ。
ならば、後は挑戦するだけ。
まず風の魔力を生み出して練り上げる。
これにすべての力を注ぎこむわけにはいかない。
続いて土の魔力。
水の魔力、火の魔力と大体均等になるように魔力を注ぎ込む。
これ、どれかが大きかったり小さかったりすると、成功しない気がするのだ。
「後はこれを混ぜ合わせ……うおっ⁉」
バチンと弾かれた。
一発で成功しないとは思っていたが、そこまで苦労しないだろうとも思っていた。
要は楽観視していた。

検証したことがないどころか試したことすらないので、初めて全力を出した凛たちと同じくぶっつけ本番。

どうやら舐《な》めていたようだ。

「くっ……!」

精霊同士仲がいいので、反発するといったことはないはずだ。

太一の意を汲《く》んでくれているのだから、混ぜることはできるだろう。

でも混ざっていないのは、単純に太一の技量の問題だ。

そう、太一が目指しているのは、四属性混合だ。

混ぜ合わせて掛け合わせたらどうなるのか。

これだけ強力な魔力だ。

やってみたく、なってしまったのだ。

「こうでなくちゃな……!」

これだけの強さの魔力を維持しながら、さらにそれを混ぜ合わせるなんて狂気の沙汰《さた》だ。

簡単じゃないからこそ面白いと、太一は舌なめずりした。

◇◆◇◆◇◆◇◆

そんな無理難題に喜々として挑もうとしている太一の様子を背中で感じ取り、ユグドラシルは笑った。

凛やミューラ、レミーアから受け取った魔力も、明らかに人間の領域を突破して、こちら側にいる者の強さだった。

結構な助けになった。

しかしまだまだ足りない。

このゲートは、ユグドラシルに近い実力の術者が、長い年月をかけて少しずつ丁寧に魔力を注ぎ込み馴染《なじ》ませ、定着させたもの。

これを一朝一夕で一時的にでも封じようというのだから、さらに大きな力で押さえつける必要がある。

それには、太一が行っているあのチャレンジは、うってつけともいえた。

ユグドラシルとしては、成功を祈るのみである。

◇◆◇◆◇◆◇◆

魔力を混ぜ始めてから二分が経過した。

たった二分。されど二分。

ユグドラシルが待っていることを考えると、二分だって長時間に感じられる。

それに、個々の魔力を生み出すのに魔力量の大半を消費した。

これを維持するのだってノーコストではない。

二重の意味で時間制限つきの試みだった。

「これもダメか」

またしても弾かれる。

風と水はうまくいく。

土と火もうまくいく。

しかしその混ぜた二つをさらに混ぜようとしてうまくいっていない。

単純に、属性相性の問題ではないか、と考えている。

火は水に弱い。

まるでゲームだが、納得のいく理由でもあった。

火属性と氷属性を混ぜ合わせて反発する力を使った技なんかもゲームにはあるので、ここを生かせば相当強くなると思っているのだが。

ここをクリアするのが大変だ。

どうにかそっと混ぜようとするものの、最後には反発されてしまう。

『おい』

声をかけられて、振り返る。

『そうじゃない。考え方が間違ってるぞ』

考え方が間違っている。

……つまり、根本がズレているというのか。

『火と水が性質的に反発するのは当然。それを無理やり混ぜ込もうとするからです』

『そうだ、無理に混ぜ合わせようとするな。反発が起きるから押さえつける必要ができる』

『無理やり押さえつけようとして抑えきれないのが失敗の主な原因でしょう』

ディーネとサラから助言をもらった。

無理に混ぜない。

反発を抑え込まない。

「……なるほど」

一度、すべての融合を解除した。

目の前に風の魔力、土の魔力、水の魔力、火の魔力があった。

抑え込もうとするから、失敗する。

なら、混ぜなければいいんじゃないか。

水の魔力を土の魔力でコーティングし、その上に火の魔力をまんべんなくまとわせて、さらにその上を風の魔力で抑える。

「できた……？」

太一の前には、間違いなく四大精霊の魔力が一か所に集まっている。

当初の混ぜ合わせるのとは違うが、ひとつにできたのは前進だ。

できればミックスしたかったが、うまくいかないのでしょうがない。

『うん、いいんじゃない？』

『現時点だと、それでいいと思うんだ』

シルフィとミィにもお墨付きをもらえた。

なら、現状はここが太一の限界なのだろう。

力不足を嘆く暇もそこそこに、太一はさらにこれに魔力を込め始めた。

四つの属性を同時に、そしてここまで魔力を高めたのは初めてだった。

ずず……と空間が軋《きし》むほどの力。

ただでさえ人知を超えた四大精霊の力をひとところにまとめ、魔力を注ぎ込んでいるのだ。

とんでもないエネルギーの奔流《ほんりゅう》。

別に何かを攻撃しようとしているわけではない。

ユグドラシルに渡す魔力なので当然だ。

つまりこの魔力に特定の性格は付与されていない。

何かに圧力をかけたり、魔力で攻撃をしようとしているわけではないのだ。

だというのに、ただただ魔力の強さだけで、まるで島全体が揺れているかのようだ。

「これが、あいつの本領か……」

「すごいわ……」

「太一……」

これが、太一の本当の全力。

その一端なのだろう。

レッドオーガ、ツインヘッドドラゴンと戦った時。

イニミークスと戦った時。

アルガティと戦った時。

仮面の男と戦った時。

一年以上異世界で戦ってきて、たった四回。

これまでの戦いも間違いなく本気だっただろうが、太一にとって持ちうるすべてを発揮できた戦いではなかった。

そんな全力に挑もうとしている太一は、背後からの声も聞こえないほどに集中していた。

いや、聞こえていないわけではない。

内容が入ってこないだけだ。

まだ魔力は込められる。

まだいける。

まだ。

まだまだ――

「そこまででしょう」

ユグドラシルの声を聞いて、太一はハッとした。

「それ以上は、あなたの制御能力では危ういかと」

掌の上には、魔力をたっぷりと込めた球体。

信じがたいほどの圧が放たれている。

「ここまでか……」

もうちょっと、もうちょっとだけいける気がしている。

その「もうちょっと」が大切だと。

極限の状態では紙一枚を積み上げられるかどうかで勝敗が左右することを、太一は肌で実感している。

だからこそ、これで終わるのが惜しいのだ。

「ええ、もう少しいけるでしょう。しかしそれは、今ではありませんよ」

なるほど、鍛錬不足か。

まだまだ上を目指せる。

それをよしと思うことにしよう。

「分かった……じゃあ、行くぞ」

「待ってください」

これ以上魔力を込められないなら、はやいところユグドラシルに協力しよう——そう思った出鼻を、ユグドラシル自身が挫《くじ》いた。

「え？」

「それを無造作に放ってはいけません。慎重に、こちらに移動させてください。歩いて持ってくるのもダメですよ」

どういうことだろうか。

できたらとっとと渡して、はやいところこのゲートを一時封印した方がいいではないか。

そう、思ったのだが。

「ワタクシが思った以上のものでした。それひとつ、爆発すればこの島は吹き飛びます」

「げっ」

この島はそんなにこぢんまりしたものではない。

具体的な距離は分からないが、街から街まで馬車で二時間の移動が普通の島だ。

それを吹っ飛ばすとははっきりいって笑えない。

何せ、これは攻撃魔法でもなんでもないのだ。

攻撃の意志を持って作ったならまだ納得も行くのだが。

「あなたがぎりぎりまで魔力を込めたおかげで、すでにそれは臨界点です。ちょっと刺激を加えれば暴発の可能性があります」

「マジか。分かった」

太一は丁寧にゆっくりと魔力球を移動させる。

豆を箸でつまむように慎重に。

針に糸を通すように繊細に。

数メートルの距離を、一分以上の時間をかけてゆっくりと移動させ、ついにゲートまで到達した。

「ふむ……これは……」

さっそく手元に来た魔力を確認するユグドラシル。

そして。

「これは、ワタクシだけでは無理ですね。手伝っていただけますか」

即座にそう返ってきた。どうやらユグドラシルの手にもいささか余るらしい。

否やなどない。

太一は魔力を操り、ゆっくりとゲートに触れさせた。

途端に感じる強い反発。

「ぐっ……！」

ユグドラシルはこれをずっと相手していたのか。

これだけ強い魔力を構築したのに、なかなかいかない。

「タイチさんには、このガードを崩すことに集中してください」

つまり、それ以降のゲートへの干渉はユグドラシルがやるということ。

なら、太一はいつも通り、敵を倒すことに注力すればいい。

防御を破ろうと試みる。

球体が少し押し込まれるが、それ以上は進まない。

感覚的にも、現状だとここまでだと分かる。

島ひとつ吹っ飛ばしてしまうほどの魔力でもここまでなのか、と太一は苦笑いするしかない。

だが、ここで止まるわけにはいかない。

このままでダメなら、何かを変えていかないと。

そういえば、穴を開けるならどうしていたんだったっけ。

「……ドリルか」

穴を開けるならドリル。

そういえば家の物置にも電動ドリルがあった。

工場にあるような工作機械とは違う簡易なものだけれど。

しかし、素人が使うには十分だし、刃を変えれば金属にだって穴が開けられる。

家庭用のドリルだってそれだけ強力なのだから、じゃあ太一が四大精霊と作り上げた渾《こん》身《しん》の魔力球だったらどうなるだろうか。

その結果で、どうなるかをまた考えればいい。

「いいや、まずやってみよう」

なんだか投げやりにも聞こえる感じでつぶやいて、太一は魔力球の形状を変化させる。

細い円柱型のドリルにするのは刺激が強すぎると直感で回避。

できるのは円錐型だ。

まるでアニメのドリルみたいだが、それでもいい。

魔術はイメージ。

そして魔法もまた、イメージだ。

たとえば刃を魔法でつくったとしよう。

実用性が皆無な見た目をしていようと、この刃なら絶対に切れる……そう思って魔法を構築すれば切れる。

同様に穴を開けるという確固たるイメージがあれば穴が開くのだ。

「く、我ながら面倒な……！」

自分で作ったのに、言うことをきかない魔力球。

言うことをきかせられないのは自分の未熟さであることを棚に上げて。

極限状態なので許してほしい。

無様な発言は後でいくらでも訂正するから。

しかし徐々に、魔力球がドリルの形になってきた。

「それは……」

ユグドラシルはすぐに形の変化に気付いたが、あえて何も言わなかった。

太一は魔力球の変形に集中して、集中して。

ついにそれは、太一が思い描くドリルの形になった。

ならば、後はこれを回して穴を開けるだけだ。

このゲートは、ユグドラシルに近い実力の存在が作ったものだという。

存在がシルフィたちと同格のユグドラシルとだ。

四大精霊は、すべての精霊の王だ。

その力を四柱分も借りておいて、こんなものひとつ破れないなんて、あってはならない。

「アルティアの精霊舐《な》めんなよ！」

そう叫んだ瞬間、魔力球が、動かしやすくなった気がした。

「ぶち抜け!!」

回転するドリル。

その先端にエネルギーが集まって、徐々にゲートを包む魔力に刺さった。

食い破ろうと、ドリルの先端が表皮を破り、引き裂いていく。

さらに深く防御を削り取りながら深く深く。

肉を引き裂く猛獣の騎馬のように。

「……ユグドラシル、今だ！」

己が操る魔力から伝わる感触は手に取るように分かる。

だから。

強い手ごたえが手に来た瞬間。

バリアを食い破ることが正確に把握できて。

「よくがんばってくれました」

それをユグドラシルが逃さないことも理解していた。

ゲートに対して、ユグドラシルが高速で干渉を始める。

これまで妨害され続けた分の鬱憤《うっぷん》を晴らすかのように。

「もう良いですよ、タイチさん」

これ以上やる必要はない。

そう解釈した太一は、構築した魔力がゆっくりと空気に溶けていくようにして、その制御を手放した。

後は勝手に世界に散っていくことだろう。

「おっ……と」

ふらついて尻もちをつく。

ずいぶんと力を搾りだしたからか、思わず膝《ひざ》が砕けてしまったのだ。

「大丈夫？」

「ああ、凛……そっちこそ大丈夫なのか？」

声をかけられて振り返って。

ずいぶん魔力が減っていることに気付いた。

それは凛だけではなく、ミューラとレミーアも一緒だ。

「まあ、ちょっと休んだからね」

減った魔力は、その直後から大人しくしていれば徐々に楽になっていく。

意識が飛ばない程度の消耗であれば、マラソン走破後よりも回復がはやいくらいだ。

「俺も、力を使い切る前に止められたからな」

魔力の減りとしては凛たちよりちょっと軽いかというところ。

むしろその後の魔力球の操作に精神力を持っていかれたので、総合的な消耗度合いとしては同じくらいだろうか。

「皆様、お疲れさまでした」

気付けば、ユグドラシルがこちらに向かって歩いてきていた。

「あれ、ゲートの封印は？」

「もう終わりました」

ゲートを見ると、先ほどの浸食されるかというような不快な魔力はなりを潜めている。

何か呑《の》み込まれそうな荒々しい黒ではなく、静かな湖面を彷彿《ほうふつ》とさせるような黒がそこにあった。

「タイチさんの魔力が、ガードに穴を開けるのではなく、剝《は》がしてしまったのです」

「ああ、あの感触は、突き破ったからじゃなかったのか」

伝わって来た大きな手ごたえ。

あれはガードを突き破っただけにとどまらず、そこを起点に全体を砕いてしまったゆえのものだったのだ。

「ええ。ガードがなくなれば、干渉は容易でした」

容易なものか。

何がどうなってるのか、見ただけではサッパリだった。

簡単なのはユグドラシルだからであり、目を曇らせてはいけない。

「じゃあ、ゲートについての処置は終わりということでいいのか？」

「ええ。終了で良いです。ここについてはこれで……」

ユグドラシルがぱちんと指を弾くと、黒いゲートが木に包まれた。

周囲の木に溶け込んでしまった。

今は包まれた瞬間を見ているから判別がつくが、次に来た時には果たして判別がつくのかどうか。

「先だって申し上げた通り、こちらはあくまでも延命措置ですので、いずれゲートは開くでしょう。それは努々《ゆめゆめ》お忘れなきよう」

「ああ、分かったよ」

ユグドラシルはひとつうなずいて。

「では、失礼しますね」

と去っていった。

転移術か何かだろうか。

まあ、人間とは存在の格が違う、世界樹の化身だ。

転移くらいはできてもおかしくはない。

「……終わったか？」

「そうみたいね」

「いずれ開くってことは、覚悟はしておいた方がいいかな」

「そうだな。いずれその時が来る。これを見て、私は実感できた。お前たちもそうだろう？」

セルティアにも行ったことはあるし、セルティアのものと思われる工作活動とも向き合ったことがある。

しかしこうしてゲートを見ると、本当のことなんだと実感がわく。

「準備はきちんとしないとな。そのためにも……とっとと後片付けを済ませて休むぞ」

「おおう」

一瞬ずっこけそうになったが、休むのも仕事だ。

これだけ消耗しているのだから、まずは元気になるのが大切だ。

何をするにでも、自分が万全の状態じゃないと、最良の結果は残せない。
今日のユグドラシルへの協力だって、自分たちが万全だったからできたこと。
そう考えると、休むのも間違いなく仕事なのであった。

エピローグ　すべてが終わって

あの後はどうにかこうにか後片付けを済ませてツダガワの屋敷へ帰還。

眠たい身体に鞭《むち》を打ってあの場であったことを説明した太一たちは、ゼンマイ切れになったブリキ人形のようにベッドにもぐりこみ、消耗をいやすために数日休んだ。

戦闘がなかったために肉体的な損傷がなかったから数日で済んだ。怪我《けが》まであったらもっと要していただろう。

休んだのは数日だけだったが、その間に事態は急ピッチで進んでいた。

森から帰還した翌日のこと。

モトヨシの謁見の間。

「おおむねの報告は聞いた」

すでに王にまで報告が届いていることに、ウジノブの優れた手腕が感じられる。

「まずはヤチヨだが……」

ヤチヨはセルティアと通じていた。

のちに取り調べをしたところ、女というだけで、基本的には継承権争いには参加しないもの、と暗に言われるのが気に食わなかったと。

ヤチヨは、初の女王になりたかった。

ならばどうするか。

簡単だ、最後に自分が残っていればいい。

ということだった。

本当にそれしか理由はなかったという。

自分で直接手を下していないだけで、コウノスケを殺し、クラノシンをも殺そうとした。

王位簒奪《さんだつ》だ。

兄弟で争うことは推奨していたが、命を奪えとまでは言っていないし、法にも『後継権争いにおいて、命まで奪うべからず』と定められているので、つまり法を犯したことになる。

「これほどの罪があるとなれば、情状酌量もできぬ」

「そうですか。ご随意になされるとよろしいかと」

「恩に着る」

モトヨシが礼を言ったのは、トウの国がヤチヨをどう裁こうとエリステイン魔法王国は関知しない、と宣言したためだ。

シャルロット個人としても、彼女をどう裁くかには興味はない。

「続いてクラノシンだが」

クラノシンは、ヤチヨに唆《そそのが》されて、実際にコウノスケに手をかけた下手人だ。操ったヤチヨが悪いのは当然だが、操られていたからと罪を軽くしてはならない、とクラノシン自身が言っている。

「王族だからこそ厳罰に処すのは当然の流れ。本人が望む通り、厳しい刑になる予定だ」

そこで手をあげるのがシャルロット。

「ひとつ、進言がございます。陛下」

「何かな、シャルロット姫」

「クラノシン殿下については、今後来《きた》る戦において、前線に立つことを償いとしてはいかがでしょう」

「避けられぬ戦いが、この島でもある……そう、報告にはあったな」

「ええ。間違いなく。トウの国は今後その戦いに備える必要がございます。その際に、クラノシン殿下ほどの戦士が戦えないのはもったいないことかと」

「もったいない、か……」

「クラノシン殿下が活躍すればするほど、救われる民が増えるでしょう。飛び抜けた戦功があるのなら……」

「ふむ」

戦果というのは、分かりやすい栄達の方法だ。

農民が一晩で騎士の称号を得て成り上がるのは、決して夢ではない。

または取り返しのつかない罪を犯した者が、それを上回る功をもって恩赦を賜ることもある。

もちろん死ぬ可能性ばかり高く栄達の可能性は極めて低いが、ゼロではない。

クラノシンほどの戦士ならば、戦果を挙げるのは確定と言っていいだろう。

最前線を駆け抜けて生き残り、誰もが英雄と認めるような戦功を掲げることができた時。

クラノシンは兄弟殺しの王子から英雄王子に上書きされる。

国が救われたうえに処罰する必要すらなくなるのだ。

モトヨシにとっても悪くはない提案のはずである。

ただでさえ息子が一人死んでいるうえに、ヤチヨだって死罪にせねばならないかもしれない。

そのうえでクラノシンまで、とはなかなか厳しい現実を突きつけられている。

モトヨシも、王であると同時に一人の親だ。

子どもが親より先に死ぬという親不孝を連発されているわけだ。

しかし、王であるからこそ、甘い裁定はできない。

貴族たちへの手前、子であろうとも厳しい判決を下す王だから、貴族たちも愚かな真似をしない、という抑止力になったりするわけなので。

なのでモトヨシがクラノシンの罪を軽くすることはできないが、クラノシン自身が勝ち取るのなら話は別だ。

悪い考えではないように、モトヨシには思えたのだ。

死刑の判決を下してから、執行まで時間が空くのは珍しい話ではない。

近い未来に訪れるという開戦まで先延ばしにするくらいなら、特に問題のある措置ではなかった。

「姫の進言、大変参考になった」

「ありがとうございます」

シャルロットとモトヨシの話は、それ以降細々としたものに集中した。

シャルロットの権限で決められることは決めてしまい、決められないことはエリスティンの外交官と詰めてもらう。

その仕分けをしながら、適宜必要なことを話し合う場となった。

ウジノブもその話し合いを最後まで見ていたが、ほぼすべての議題はつつがなく着地した。

一部議論が長引いたものもあったが、どちらも関係を悪くしないように心がけていたためか、紛糾することなく落ち着くべきところに落ち着いた。

話し合いが終わってから、ウジノブはさっそくクラノシンの元を訪れた。

「なるほどな。相変わらず父上も甘い」

「そういわないでやってくれクラノシン。陛下だって、人の親だ」

「分かっているよ、兄上。分かっている……」

王城地下の牢獄《ろうごく》にて、ウジノブの話を聞いたクラノシン。

地べたに座り込んで腕を組み、目を閉じる。

「おれに提示された道、そんなに楽なものではないのは分かっているだろう？」

「最前線に立って、誰もが納得する戦功を掲げなければならないからね」

「おれの後ろにいる兵士の損耗度合いも見られるな？」

「そうだね。クラノシンがどれだけ敵を引き付けられたかも大切だろうね」

「ふっ、死刑宣告と変わらんよ」

「それは否定しない。しかし、このまま何も機会がなく縛り首になるか、死ぬ確率が高くとも戦場に出るかだとどちらを……」

「みなまで言うな、兄上。考えるまでもない、戦いを選ぶとも」

「そうだと思ったよ」

恩赦を得られるチャンスなんて、そうそう与えられるものではない。

どうせ死ぬのなら、縋《すが》る者が大半だろう。

そして今回の場合、クラノシンには割のいい話だ。

国内でも有数の実力者ゆえに求められるハードルも高いが、その分恩赦を獲得できるチャンスも大きいのだから。

「私としては、弟がまたいなくならなければいいと思っている」

「……間違っても、表では言わないことだ、兄上」

「ここだから、言ったのさ」

ウジノブは踵《きびす》を返して立ち去る。

出口付近では、クラノシンの筆頭従者が深く深く頭を下げていた。

彼に特に何も言うことなく、ウジノブは牢獄《ろうごく》を出て行った。

◇◆◇◆◇◆◇◆

本日のシャルロットとモトヨシの会議には、太一たちは呼ばれなかった。

国同士の話し合いなど、太一たちは基本的に関係のない話だ。

なのでそもそも、謁見の間にはいなかったのである。

では、太一たちがどこにいるのかといえば――

「そうか。無事に解決したんだね」

あの日、初めてカマガタニで出会ったコウノスケ。

彼に、あれからのことを報告していたのだ。

「今頃、今後のことが話し合われているだろうな」

「そうか……」

コウノスケは目をつむってしばしそのまま。

何かをかみしめているようにも見えた。

太一たちはそのまま、コウノスケが満足するまで待つ。

「うん、わざわざ知らせてくれてありがとう。これで僕も……」

彼にとっては、クラノシンは仇《かたき》だっただろう。

血のつながった兄弟とはいえ、街を攻め落とされ、妻を殺され、自身も。

その恨みが晴らされたと考えれば、これから起こることは。

「すっきりと今後を過ごすことができるよ」

「あれ？」

恨めしい想いが晴れたので、成仏する。

そういう流れではなかっただろうか。

なぜそうなるのか。

素っ頓狂な顔をしていたのは太一だけではなかったようで。

その表情を見たコウノスケはぽん、と手を打った。

「調べにきた祈祷師が言っていたんだけど、どうやら僕もモリヒメも、この地に定着してしまっているらしいんだ」

祈祷師が言うには、成仏することは今のところできない、ということだったらしい。

今後は分からないが、少なくとも現状では無理だと。

「成仏できないものは仕方ない。それならそれで、この街をいい感じに生かせないかって、祈祷師を通じて父上に奏上差し上げたところさ」

「生かすとな。本気……のようだな」

「本気さ。生きてるうちにはできない生かし方がね。できると思うんだよ。もう草案はいくつか考えてるんだ」

「まあ、あなたったら。お気が早いんですから」

くすくす、とモリヒメが笑った。

鈴の転がるような、きれいな音色だった。

まるで楽器のよう。

……これまでずっと、コウノスケの後ろで控えていた。

名乗った以降一切喋《しゃべ》らなかったのだが、成仏できないと知ったのがきっかけか、何かが少し変わったらしい。

「いいじゃないか。お互い触れることはできないが、でも、ずっと一緒にいられるんだ」

「ええ、共に。後ろを歩かせてくださいまし」

幸せそうに笑う二人。

悲壮感、絶望感の一切ない、幸せそうな一幕。

「湿っぽいのは苦手でね。僕らが得た数奇な運を、ぜひ笑ってほしい」

そこまで言われては、涙なんて流すわけにはいかないじゃないか。

しんみりしそうな空気を吹っ飛ばすようなおどけた様子のコウノスケ。

「ふふ、なら、新しい人生の門出に」

「ああ。乾杯の盃《さかずき》も無いのが締まらないけどね」

「あっても持てませんよ、あなた」

「……そうだった。一本取られたね」

これはこれでいい結末なのではないか。

少なくとも、当人たちは幸せそうだ。

本当に幸せかどうかは、太一たちには分からない。

何せ、死ななくてよかった命を散らすことになってしまったのだ。

けれども、そこに疑問を持たなくても良いだろう。
他人の幸せを他人が推し量り勝手に決めつけることこそ、無粋なのだから。

〈『異世界チート魔術師 17』へつづく〉

この作品に対するご感想、ご意見をお寄せください。

●あて先●

〒101-0052 東京都千代田区神田小川町3−3
イマジカインフォス　ライトノベル編集
「内田 健先生」係
「Nardack先生」係

ヒーロー文庫

ヒーロー文庫

異世界《いせかい》チート魔術師《マジシャン》 16

内田《うちだ》 健《たける》

2024年2月10日 第1刷発行

発行者 廣島順二

発行所 株式会社イマジカインフォス
〒101-0052 東京都千代田区神田小川町 3-3
電話／ 03-6273-7850（編集）

発売元 株式会社主婦の友社
〒141-0021
東京都品川区上大崎 3-1-1 目黒セントラルスクエア
電話／ 049-259-1236（販売）

印刷所 大日本印刷株式会社

ISBN 978-4-07-456705-8